果儿小典

Illustrated Tales of Fruits

崔岱远 著
李杨桦 绘

创于1897
商务印书馆
The Commercial Press

序

世界上什么最好吃？我觉得是果子。道理很简单，植物结出果子来，本来就是给动物吃的，当然也包括人。

植物不会自由行走，要想兴旺繁盛，让后代获得更好的生存环境，就只有求助动物帮它传递生命的种子。动物怎么能听植物的话？于是植物对动物说："来，给你个好果子吃，帮我把孩子带出去吧！"就这么着，植物和动物达成了默契，共同繁衍生息。您听，无论是大树还是小草，每时每刻都在用根须汲取着泥土和水的养分，用绿叶吸收着阳光和空气的温暖。草木就是这样，用生命把天地精华凝练成一颗颗活色生香的果子，一颗颗包裹着生命的果子。

熟透的果子是漂亮的、芳香的，几乎不需要加工就可以直接吃进嘴，口感和味道还都特别棒。果生大地，生来就是供取食的，果子正是大自然赏赐给生灵们的精致礼物。所以我说，果子最好吃！

人对于果子有一种与生俱来的亲近感，无论是令人满口生津的水果还是风味香醇的干果。这一点，您瞧瞧小孩子们盯着果果的眼神就明白了。因为人吃果子的历史比吃粮食早，甚至比吃肉更早。果子是人类最初的口粮，它伴随着人类走出原始森林，走进农业文明，一直走到信息时代。今天的人们好像越来越意识到，原来吃果子是如此的重要，那一颗小小的果子里几乎包含了支撑生命的全部要素。

当然，今天的果子大部分是人工选育和栽培的。那些赤橙黄绿的果子就像一叶叶不系之舟，漂泊过无尽的沧海；又如一首首古老的歌谣，用密语讲述着几乎被人淡忘的故事。

果子的故事是何等的离奇曲折！您是否知道风行世界的新西兰奇异果正是《诗经》里记载的十九种可食用果实之一？您可曾想过为什么桃李杏梨都被写进了古诗词，可唯独不见最常见的苹果？您吃糖葫芦的时候，有没有在意山里红、红果儿、山楂、榅桲之间的关系？喝上一口柠檬水，您尝得出柠檬和诺贝尔奖的三段缘分吗？还有醋栗为什么让契诃夫伤透了心？王家卫的蓝莓又隐喻着什么样的气氛……果子里融入了大自然波澜壮阔的旋律，也饱含着酸甜苦辛的人间情感。

草木不会行走，但果子是自由的。果子的生命历程，就是一场有意或无意的漂泊，之后落地，生根，开花，结果……于是有了果生大地东，果生大地西，果生大地南，果生大地北。本书也就按照东西南北简单分了章节。

不过这里的东西南北并不纯指地理位置，当然更不是原产地，而更多是我所理解的一种认知习惯，或者说文化含义。就比如花生和葵瓜子，现在全国到处都有，之所以把它们分在“果生大地北”，只是因为我写的花生、瓜子更多反映的是北方的生活，体现的是北方的味道。而产自美洲的蓝莓和圣女果，就透着些西洋味儿，也就分在了“果生大地西”。至于为什么用东西南北，而不是东南西北？是借鉴了那首著名的乐府诗《江南》里的“鱼戏莲叶东，鱼戏莲叶西，鱼戏莲叶南，鱼戏莲叶北”。据说那诗写的其实并不是鱼和莲叶，而是隐喻着情爱。本书里的每一颗果子不都是一首值得回味的情诗吗?

果子本身就有着魔幻一样的魅力，它已经不只是一种吃食，更是牵引着历史，承载着文化。我想，果壳里或许藏着文明的起点吧？正像一颗古莲子，可以穿越千年的时光，开出平静的莲花。

本书选取了“果儿”一词作为书名，这个词来自北京土话，可以用作各种水果、干果的昵称。书中写的是果实，但又不同于博物学专著，也不算是一本关于果实的科普书。本书只是用六十多篇散文写下了我所熟悉的一些水果和干果，以及这些果实里隐藏的某段时光、某个场景、某些故事、某种说不清道不明的感情。果儿就是这样，各种滋味，各种韵致，各种经历，各种想不到。

至于“小典”，倒没怎么见人用过。不过我想，既然重要的典籍可以称之为“大典”，那么这本关于果儿的小册子，叫成“小典”也未尝不可吧?

我不是学生物的，也没有到过太多的地方。书中所写只是我看到的、我听到的、我想到的，肯定有很多疏漏、很多不妥，还望读者海涵。

崔岱远

目录

果生大地东

果生大地西

果生大地南

果生大地北

果生大地东

杏

杏仁、杏仁豆腐

“春日游，杏花吹满头。”杏花从来代表着春光乍泄的光景，或一枝出墙勾人眼，或漫山遍野香云飘。

但凡见了饱含春意的杏花，憋闷了一冬的人就不由得兴奋，心里也感觉到莫名的温润。想必当年的孔子，也正是在这样的氛围里端坐于杏坛之上吧！弟子们自然也学得心旷神怡。

头几天还只见三五朵纯红的花骨朵沾着寒意滋生于枝头，一眨眼，就是满枝满树嫩粉的花簇摇曳着甜滋滋的香风了。莹白的花簇深处隐约可见一枚枚艳红色花萼向外翻卷着，映衬得朵朵玉蕾格外鲜亮大气。要不多久，就该有漫天圆圆的花片搅着飞絮飘过。

春天就这么短暂，正像带着杏花味儿的风，一晃而过。

春夏之交，雨水洗净了红褐色的杏树枝，嫩绿的芽叶间坠满了毛茸茸的青涩果子，看上一眼都能让人止不住口水满喉。这样的青杏儿若是咬上一口，简直能把牙酸倒了。早熟的果儿不好吃。要是咬到没成熟的杏仁儿，那会苦涩得龇牙咧嘴的。

想吃杏儿，只有等。等待对人是种煎熬，对杏儿是种修炼。

直等到天热了，核硬了，杏儿长大了，变黄了——别急，还没到进嘴的时候，因为这时的杏儿还没熟透。再忍上十天半个月，待到那果儿的颜色充盈欲滴，才是一枚熟透了的大杏儿，带着丁香般的气味儿。您就痛痛快快地吃吧！

有道是“南梅北杏”。北方的春天里，到处都能尝到风味独特的杏儿。北京门头沟的“骆驼黄”果肉细嫩、橙黄酸甜；天津蓟县的“大香白”则是白皮上披着红霞，闻起来香气浓郁；红玉杏是山东济南的土特产，色如红橘，质韧味醇；山西万荣的白水杏，粉红的果皮上带着点点花斑……不管在哪，都有您中意的鲜杏。

不过有一点，鲜杏虽美，却不能往足了招呼。老话说：“桃饱人，杏伤人。”鲜杏吃多了，难免会觉得肚子里不对劲。好在杏的吃法很多，不仅可以吃新鲜的，还可以把杏肉做成杏脯、杏干存起来慢慢享用。老北京夏天特受欢迎的果子干，就是用柿饼、鲜藕、桂花糖，加冰水拌上泡发了的酸甜筋道的杏干。那是什刹海夏天的味道。

若是砸开杏核取出杏仁，可就打开了另一个奇妙世界。酸甜的皮肉，清苦的心，这就是杏儿。

用清水浸泡几天的杏仁已经祛除苦涩，带着微妙的清香，炒炙以后是传统宴席上“四干四鲜”中必备的干果子，也是现如今和榛子、核桃、腰果并列的“世界四大坚果”之一。据说美国总统就职仪式上款待嘉宾的小吃，用的也是桂皮香的杏仁。把杏仁研磨成粉，又可以做成润肺平喘的饮品，或杏仁露，或杏仁茶，无不是水果般爽利，牛奶般滑润。如果再肯下些功夫，还能做成晶莹爽滑的杏仁豆腐。

将生杏仁泡透榨汁，再把琼脂加牛奶和冰糖兑入汁里熬煮，开锅去浮沫儿，倒进一个个白瓷小碗里冰镇了，就凝结成白净水润的杏仁豆腐。用刀划成菱形块，倒上浓甜的桂花糖水，但见一块块半透明的琼脂美玉浮在净水上，看着都养眼。端起小碗儿放到嘴边吸溜一喝，那份细那份滑，那份嫩，裹着丝丝缕缕幽香从嘴里游走进鼻腔，略带着丝若隐若现的清苦。

那种感觉实在美妙，不由得令人精神一振。

桃　子

大红袍、玉露水蜜桃、百花桃、大久保

真搞不清桃子究竟有什么魅力，让人们赋予它那么丰富的想象。

绚烂的桃花寓意着青春抑或情爱；丰盈的果子象征着长生不老；即便是锯下来的枝干也被寄予厚望——民间用细润的桃木做成各种器物摆在住宅里，据说它清远的香气可以驱灾辟邪，给人带来好运气。房前屋后能有片桃园，往往让人联想起兄弟间的情义。当然，这要归功于《三国演义》。若是山水之间藏着片桃花林，那不得了，简直就是陶渊明笔下的世外仙境了。

有人说，当年夸父逐日，临死之前戳在地上的那条手杖是桃木做的。那片夸父膏肉浸润而生的邓林，自然也就是桃林。也有专家推断，夸父氏族的生存环境就是一片茂密的桃林。桃子是他们的主食，更是他们顶礼膜拜的图腾。桃子性感的形状让他们浮想联翩，猜测那果子里必蕴藏着上天所赐的生殖力。而所谓“夸父逐日”，不过是在描述这一族群跟着植被向南迁徙的过程。

对于大多数人来讲，桃子首先只是桃子，一种再美味不过的水果。肉厚汁多，鲜甜甘润，饿的时候吃上几个，也就饱了。记得十几年前我跟个当地小伙子爬崂山，清早来到山脚下见到个推车卖桃子的。那桃子个个鲜红饱满，足有小孩儿脑袋大小。我从来没有见过那么大的桃子。小伙子说那叫大红袍，是崂山特产，遂买了四个带上山去。爬到上清宫前用溪水洗了，就在大银杏树下一人两个当午饭吃下，顿觉甜润甘凉，神清气爽。于是和小伙子攀谈起道士吃了这桃子能不能变成神仙。下山之时已是黄昏，发现自己竟然靠这两个桃子撑了一天没觉得饿，忽然明白了什么叫“桃饱人”。遗憾的是，后来又去过几次崂山，可再没有找到那么好的大桃子。

桃子有离核的，有不离核的。无锡有种玉露水蜜桃，桃身上有片片红晕，还带些玫瑰色的花斑。这种水蜜桃不仅不离核，桃肉还会有一丝丝塞牙，不过汁液纯甜浓香，而且乳黄色的果肉柔软得像一包水，吸吮起来如甘露般味美。

湖北的百花桃花开数色，八月中才熟。不大的果子其貌不扬，上面还长着许多麻点，果肉脆硬，掰开离核，但好吃得“惨无人道”。

京津一带常见的是大久保，圆溜溜的果实牙黄上刷着层粉红，没有明显的桃尖儿，熟透了顺着清晰的凹槽一掰就能分成两个果瓣，果肉乳白细嫩，嚼起来干净利索。这种桃子是二十世纪二十年代日本人大久保重五郎培育的，五十年代传入山东，逐渐发展成华北地区的主流品种。

古老的桃子，种类实在太多。从颜色上分，有碧桃、红桃、绯桃、乌桃、白桃、金桃、银桃、胭脂桃等；从肉质上分，有硬肉桃、水蜜桃、蜜桃、黄肉桃、蟠桃、油桃等。据说仅中华大地上就有八百多种桃子。其中还有一些早在公元前就取道波斯乔迁去了地中海。当然天宫里的蟠桃园还有三千六百株孙猴子啃过的仙桃。尽管谁也没尝过那是什么滋味儿，但都觉得吃了之后可以长生不老。

地上的人当然也希望长寿，于是从南到北，凡给老人祝寿，大家都喜欢拎上一筐漂亮的桃子。不过鲜桃毕竟有季节性，于是孝敬的儿女想到了用面捏成桃子的模样，染上粉红的颜色，放进蒸笼里，蒸出一锅硕大的面桃。尽管吃起来还是馒头或豆沙包子，老人们却看在眼里甜在心上。朋友或同僚之间贺寿再送面蒸的桃子似乎不够体面。于是，画一幅蟠桃图恭恭敬敬送过去，是再高雅不过的寿礼了。

橘　子

蟹酿橘、洞庭馇、柑、橘络、金橘

橘树高贵。因了屈原吟过《橘颂》:“后皇嘉树，橘徕服兮。受命不迁，生南国兮……”那满树繁茂的绿叶间点缀着洁白的花，层层枝杈掩映着绚烂的果，还有深植于南国泥土里难以迁徙的根脉，早就化成了中国文人的精神寄托。

记得第一次见到橘树是在太湖中央的洞庭山。那是二十多年前的初秋。岛屿幽静空旷，浩渺烟波，宛如仙境。随心缓步于青石高墙之间，抬眼就能看见挂满果子的橘树，青黄杂糅，或近处的古宅深巷间，或远处的山峦坡地上，到处都是，直叫人看得满心欢喜。古人认为种橘可致富，在江南种橘树也就成了一种遗风。

“个个和枝叶捧鲜，彩凝犹带洞庭烟。”或许洞庭山的橘子还保持着当年陆龟蒙尝到的味道吧？闻一鼻子芳香浓烈，嚼一瓣水润甘甜，清爽里透着独特的灵气。正像是在阳光明媚的橘林邂逅的那位农家小妹，虽素面朝天，却灵俊干净。

洞庭山的橘子不只是水果，还可做成精细的佳肴。螃蟹肥美之时，岛上人家挑选熟透的红橘，揭顶去瓤，塞进蟹肉，滴满橘汁，点上米酒，盖上橘叶，放在甑子蒸透，这种蟹酿橘能把人鲜醉。“蟹因霜重金膏溢，橘为风多玉脑鲜。”我猜测皮日休的这两句诗指的正是这道菜。不仅是果实，橘树的叶子也可以入口。采青嫩的橘叶与莲藕一起捣烂成泥，和上蜂蜜、米粉，做成小饼子上屉笼蒸熟，就是有名的“洞庭馇”。当然，这般美味只属于洞庭山。因为调料里有一味别处实在找不到，就是太湖上吹过的徐徐微风，裹着刚出笼的水雾气。

尝了橘子鲜，勿忘洞庭山。逍遥岛上烟波浩渺，藏匿着江南最后的温婉。

人们常说“柑橘柑橘”，其实柑和橘并非一种水果。柑子颜色发黄，滴溜儿圆，个头儿稍大，皮也厚，牢牢巴在果实上，不太容易剥。柑的果实相对甜香，细品有些发酸，是那种醇厚得发酵似的酸。橘则不然，橘的果实扁圆而娇小，光润的薄皮看起来特别红润，很容易就能剥开。细嫩的橘瓣外面交织着乳白色的橘络，如有丝网缠绕。细品那瓣瓣橘肉，是鲜甜的，鲜的后面藏着微酸。酸得清澈，酸得透亮。橘络味道清苦，有人不喜欢，择去扔了，这可糟蹋了好东西。橘络舒气化痰，解渴去火，扔了多可惜！还是咽了为好。

在老北京，倒是也能见到橘树的，不过只是养在花盆里的金橘。早年间到了秋天，专门有花匠培育这种名贵盆景。春节时往客厅里一摆，两尺来高的小树上，碧绿的枝枝叶叶里挂着是十来颗果子，手指肚大，煞是养眼。这种传统还不仅是因为大冬天里那金黄的果子分外喜庆诱人，更因为“橘”的俗字“桔”中有个吉祥的“吉”字，因此“桔树”成了名贵的吉祥树。

前些年春节，我去逛花卉市场，看见盆栽的金橘盘成碧绿的花柱，密密麻麻挂满了金黄的果实，真漂亮！一打听，还不算贵，赶紧买了一棵搬回家来。谁想刚过一星期就开始枯萎了。忙请教懂行的朋友，得到的答案是：那种橘子是在南方用现代方法大批培育的，运来北京后再埋放进盆里，适应不了本地的气候，当花儿摆着瞧几天也就不错了。

放下电话，感慨良多。几千年过去了，小小的金橘，却依然深固难徙，带着上古高贵的基因。

桑　葚

五月鲜、荐鲜

天热了，转眼就到端午节。端午节包粽子，各地都是这么个风俗。可您知道吗，早年间过端午节，除了粽子之外还有别的讲究。

端午节在农历五月初五。老百姓也把这个节叫五月节。初夏的五月正是鲜果丰收的时节。端午前后，京郊的农人会摘下树上刚刚长熟的樱桃和桑葚，推着车子或挑着挑子进城，走街串巷吆喝着卖。红樱桃、黄樱桃摆放在垫着杨树叶子的小碟子上，水泠泠摆在那儿，透着格外鲜灵。再有那奶白的桑葚和紫黑的桑葚，同样这么摆放着，碧绿的杨树叶子衬托着红、黄、白、黑四色果品，简直就是艺术品。把这樱桃和桑葚买回家，就是五月节必备的时令鲜品，叫作尝“五月鲜”。早先端午节要给祖先上供，除了摆上盘江米小枣儿粽子和象征祛瘟避邪的五毒饼，还必得摆上大樱桃和黑、白桑葚各一碟，北京人把这叫“荐鲜”，意味着时时刻刻记挂着祖先的恩德。

有句话叫：“樱桃桑葚，货卖当时。”这两样树上结的俏货时令性极强。樱桃也许还能多卖些日子，而桑葚从长成到熟透的维持期相当短，而且一旦熟透了就会马上凋落。只要是落在地上，立马儿摔散，不能再吃了。所以，北京能尝到桑葚的日子很短，可以说稍纵即逝，还没过瘾，基本上就该等明年了。

娇小柔嫩的桑葚，一直是中国人爱吃的鲜果。过去逗小孩子说，尝了五月鲜，一夏天不怕蚊叮虫咬。吃了黑桑葚，夏天不会误食苍蝇；吃了白桑葚，不会误食蛆虫。当然也就那么一说，无非是找个因由哄孩子多吃罢了。稍大些的孩子们用不着劝，这一年一见的时鲜抢着吃还不够呢！尤其是那种紫黑的桑葚。要是知道哪儿有一棵老桑树，五月节前后，半大小子们必会想方设法爬上去摘了来。倒未必图它的口味有多诱人，而是因为吃完之后舌头会变黑，吐出舌头来吓唬人是一件令他们开心的事儿。有时候弄不利落，抹得满嘴满身都是紫黑的痕迹，难免遭到大人一顿数落。

记得有一次去某地旅游，被导游领去一个地方喝茶，然后半强制性地劝购茶叶，让人好不心烦。忽然想起一件解脱的法宝——路上买的一袋桑葚，于是边喝边吃。等那导购絮絮叨叨说完，吐出舌头问她：“你这什么茶呀？喝完了舌头都黑了！看！”弄得那导购愣在那里，呆呆地一时反应不过来。一行人借机赶紧撤退，哈哈笑了一路。

桑树是中国原产的古老树种，和中华文明渊源至深。用桑叶来喂蚕缫丝，可以织出人世间最美的衣裳，也能铺就通往远方的丝路。

孟子说：“五亩之宅，树之以桑，五十者可以衣帛矣。”桑树曾让无数先民过上了幸福的日子。想必很久很久以前，先民们也没少吃桑树上的美味鲜果吧？尽管它始终没有像柑橘、苹果一样被培育成主流水果，但这小小的果实里却蕴藏着不少传说和故事。

传说斑鸠吃了这美味的果子会深深迷醉，以至于醉倒在桑树下面被人逮了去。这大概是源自《诗经》里那首著名的《氓》吧——“桑之未落，其叶沃若，于嗟鸠兮，无食桑葚。”

斑鸠会不会因为吃了桑葚而迷醉不得而知，但这传了几千年的诗句倒是真的迷醉过无数痴情怨女，给初夏时节相互厮守的人们平添了许多缠绵的话题。

杨　梅

骊珠、花旦果

《庄子》上说："千金之珠，必在九重之渊而骊龙颔下。"

骊龙长什么模样？没有谁说得准。但它下巴颏儿上藏着的那颗宝珠我们却并不陌生。那必是黑红烁紫，点点晶莹，映着朝霞般生动的光色。那就是一颗刚好熟透的杨梅。

"绿阴翳翳连山市，丹实累累照路隅。未爱满盘堆火齐，先惊探颔得骊珠。"陆游的诗这么形容杨梅之绚烂，于是"骊珠"也就成了杨梅的雅号。不过老百姓未必叫得这么雅，他们喜欢另一个更俏皮的小名儿——花旦果。毛茸茸的杨梅让人想起戏台上的花旦，头饰上顶着颗绒球儿，突突微颤。

杨梅到底有多好吃？大美食家苏东坡这么评价："闽广荔枝、西凉葡萄，未若吴越杨梅。"竟然让苏老先生忘了那三百颗荔枝！吴越人真是好口福。细雨霏霏，杨梅乌紫，一船一船、一担一担上市了，酸酸甜甜的。人们一篮一篮地买回家，倒上一盆，凉水一洗，一颗接一颗放进嘴里。这一嚼就是六七千年，几乎和吃米饭的历史一样长。考古学家在河姆渡文化遗址里发现了当时的杨梅核，或许那时候神农氏还没有尝百草吧？只可惜新鲜的杨梅太娇嫩，磕磕碰碰很容易就破相变质。它还不像荔枝长着一层保护壳，贩运起来自然十分麻烦。所以早年间，北方人很难享受得到。

对于我这样的北京孩子，杨梅的味道是属于童年的酸酸甜甜。这记忆自然不是来自新鲜杨梅，而是来自小时候爱喝的杨梅汽水，粉红透亮，咕咚咚一瓶灌下去，打出一串裹着清香的爽嗝儿。只可惜那种粉红的瓶子有小三十年没见着了。

江浙人的杨梅记忆里有没有一瓶杨梅汽水我不知道，但却肯定少不了一罐子杨梅烧酒。按当地风俗，夏至杨梅漫山红之时，家家户户都会用高度烧酒浸泡杨梅。

那酒色起初呈淡淡的桃红，渐渐浸成醉人的深红。打开罐子，酒香里渗满了杨梅的香气，能香透一条巷子呢！纵然是酷暑炎炎，端一杯红亮的杨梅酒，醉里何处不欢颜？那泡在烧酒里的杨梅果，是当地人祛湿除瘟的灵丹妙药。谁有个腹泻下坠、胃肠不适捞出一枚吞了，肚子里热乎乎的，几乎立竿见影。这种风俗从什么时候有的我说不准，不过最迟不晚于西汉。东方朔的《林邑记》里就说过杨梅酿的酒叫梅香酎，是给最尊贵的客人预备的。

我第一次尝到鲜杨梅是十几年前的事。啄开细密的黑红色果刺，中间是嫩红柔软的果肉，舌尖酸甜，灵俏的香气游走于呼吸之间，熟悉的味道从记忆深处浮起，不需要想，就知道那是杨梅。猛吃几个，甜得黏嘴，酸得过瘾，不由想起《西游记》里写美猴王吃杨梅的感觉："酸萌萌如脂酥膏酪。"不知不觉染上了一嘴红水，无意间滴到衣服上几滴，点点殷红，怎么洗也洗不掉。

有位宁波的朋友告诉我说，在他们家乡沾在衣服上的杨梅汁根本不用洗，等到杨梅落了市，衣服上的片片殷红自然随风褪去。

却原来，那抹不去的红晕纠缠人只此一季。一季的缘分，何不就那么带着，添个彩，又何妨？

樱　桃

莺桃、含桃、车厘子

一年当中，能尝上口鲜樱桃的日子并不长久，也就那么十几天吧？“一树樱桃带雨红”，点点鲜亮伴着美妙的光景，惊艳于春末夏初。这时节人们的心绪也像是滋长出一簇簇飞红的樱桃，透着兴奋。

春光里，黄鹂鸟哪能放过这天赐的美味？于是叽叽喳喳悬浮在樱桃园的半空里，撒着欢儿啄食树上的珠粒，红的、黄的、紫的……就这么着，那一颗颗蜜蜡似的璎珠又被叫成了莺桃、含桃。

歌里唱过：“樱桃好吃树难栽”，其实应该是“樱桃好吃熟难摘”，意思是成熟的樱桃果实脆弱，不易摘不易存，加之这娇嫩的果子产量少，时令短，果实脆弱不易存放，所以自古就是稀罕物。据说在唐朝，每年春天皇帝都要专门摆上一席樱桃宴来招待新科进士，算是一种规格极高的犒赏。那些有幸赴宴的进士自然感觉到无上荣耀，备不住还存上几颗樱桃核回去光宗耀祖呢。

在老北京，樱桃特金贵。早年间到了端午节，用雪白的瓷碟垫上片嫩绿的杨树叶，里面码上三五粒带着纤细绿把儿的红樱桃，就是难得的“五月鲜”了。这倒是符合《礼记·月令》上的说法:“羞以含桃,先荐寝庙。”樱桃首先是用来祭祀的珍果。

香山脚下是春游的好去处。北京孩子都有沐浴着春风去樱桃沟踏青的记忆。绕过植物园深处的卧佛寺,沿小路顺山走上十几分钟进入一条悠长的山谷,前宽后狭,溪水潺潺,恬静安谧的气氛让人一下子松弛下来,这就是有名的樱桃沟。传说古时候这里曾有过漫山的樱桃林,引得金章宗完颜璟专门在此修建了赏花台,每到春天就来感受“樱桃花万树,春来想灼灼”的意趣。

进了樱桃沟,自然想见樱桃树。于是人们带着希望溯溪而上,东张西望地一直寻到水源头。未见樱桃,却忽见一块巨石当道,形似元宝,据说正是它触发了曹雪芹的灵感,缔造出了个通灵的富贵闲人贾宝玉。元宝石缝隙中滋长出一棵小松树,盘根错节和顽石融为一体,这就是贾宝玉梦中呓语念念不忘的“木石前盟”。从石头下流淌的溪水里,偶尔会捡到一种黑色的小石子,古人用它来给女孩子当眉笔,取名黛石,这就是林黛玉的原型了。一部大书《石头记》从此诞生。只可惜没听说谁在这附近见到过传说中养眼的樱桃花,更没有机会采到树上的红樱桃。或许是“樱桃落尽春归去”,只留下个曼妙的名号吧？

三四十年前，水果店里是不怎么见得到樱桃的。印象里第一次尝到樱桃还是邻居大妈当作礼物赠送的，只五六颗，盛在一个小碗里，郑重其事端过来，红得发紫，鲜甜清脆，没过瘾就尝光了。当时就想，这不会就是人参果吧？

狂嚼樱桃的奢侈举动永远定格在烟台郊区一个小村子，那里面朝大海。远房亲戚家有个见到生人就憨笑的小妹，竟然端来一大盆晶莹欲滴的樱桃，艳黄的果皮上挂着一抹绯红，在透亮的阳光下闪烁着点点迷离的光。“吃吧，咱家园子里刚摘的黄樱桃，可甜脆呢！”于是樱桃吃到醉，留下一地的樱桃核。

从那以后，才知道黄樱桃其实比红樱桃要甜得多。每每到了春暖花开，早市上可以见得到各色樱桃的时候，我总是会买些水晶豆子似的黄樱桃。偶尔，还会想起遥远的大海。

这些年市面上流行一种进口的黑紫色大樱桃，大概最早出现在港粤地区，当地人就根据英语音译成了“车厘子”。车厘子果皮厚实，果肉脆硬，个头儿比常见的樱桃大一圈，价钱也贵得离谱，装在盒子里珠光宝气的，很神气的样子，一年四季都买得到。好吃倒是蛮好吃，只是尝不出那一闪而过的鲜劲儿了。那血红的果汁，却总让人想起电影《红樱桃》。

枇　杷

黄金果、枇杷露

我小时候并没有见过枇杷，却常听外祖父带着浓重的胶东口音念一首小诗：“一棵枇杷树，两个大丫杈。未结黄金果，先开白玉花。”当时并不明白什么雅俗之类的妙趣，只是觉得这又是“大丫杈”又是“黄金果”的，听起来蛮好玩儿。我问过外祖父是否见过枇杷树。他说没有。于是更向往着有朝一日能见到那么一棵有趣的树——长着黄金果，开满白玉花，那必是漂亮得不得了。

京城里没有枇杷树。像我这样的北京孩子对枇杷的认识大多来自枇杷露。那是一种治咳嗽的中成药，淡褐色稠汁，清凉微苦中带着股特殊的甜味儿，感冒发烧的时候经常喝，不过据说是枇杷叶做的，而不是枇杷。

前年深秋去浙江开化，清早起来在县城里闲逛，见溪水边斜生出一棵不太粗的小树，伸枝展杈铺散开，像一把巨大的绿伞，把半条溪流掩映在婆娑的树影下。枝杈上一丛丛椭圆形大叶子挓挲着，边缘带着锯齿。芽叶生发之处，装点着簇簇小花，黄蕊白瓣，微香淡淡。请教了随行的小伙子，才知道这竟然是我从小念叨着的枇杷树！念叨了四十来年，就这么不经意邂逅了。该见到的，早晚能见到。

“你看，那树叶长得像不像弹的琵琶？”原来如此！枇杷的名号竟然来自这宽大的叶子。他这么一说，才觉得那大绿叶子看起来真跟一面面小琵琶似的，衬托着朵朵如玉琼花。透过满树斑斓的光影，水流哗哗的小溪旁，一位阿婆正挥舞棒槌，捶打着浸湿的衣物，有节奏的“啪啪”声带着水音儿。这是江南的声音，让人想起那首叫《江南印象》的琵琶曲。

枇杷开花在秋冬时节，日沐暖阳，夜经轻霜。土蜂采了这白玉花的花粉，酿出来的就是清甜透顶的枇杷蜜，那是最醇厚也最养人的冬蜜，堪称蜜之极品。老人们说，这蜜还是清肺止咳的良药。想那味道应该比叶子煮成的枇杷露好多了吧？

枇杷树秋天开花，冬天产蜜，春天结出娇嫩的果子，等到天热了，承四时精华的小果子也就变成了养眼的累累硕果。枇杷树高产，每枝挂果能有数十颗。有所谓“一梢满盘，万颗缀树”的说法。我看说成“一年孕育，满树金黄”也不为过。

有个谜语，叫“黄铜铃，紫铜柄，铜铃里面红铜心”。谜底正是枇杷。剥皮去核，那就是一块温润的田黄。啖之啜之，舒滑如软玉。若问口味，最明显的是“清”——春的清甜、夏的清柔、秋的清冽、冬的清香……吃过之后，嘴里像含了四时之气。

或许正是因为枇杷独有的华贵外表和清雅内涵，使它成为历代文人画师笔下的尤物。号称“清末海派四杰”的虚谷、吴昌硕、任伯年、蒲华几乎都有以枇杷为素材的名画传世。齐白石不仅画了各种形态的枇杷，还曾专门题诗道：“果黄欲作黄金换，人笑黄金不是真。”回味诗意，恰如一幅充满谐趣的生活画。

枇杷图中最著名也最别致的恐怕当属宋徽宗赵佶的一幅《枇杷山鸟图》吧？画面上既不是灿烂的黄金果，也不见鲜亮的白玉花，而是纯用水墨双勾染成的黑白图。果实细润，阔叶苍劲，角落里一只机灵的山雀隔着叶间丰美的枇杷回望飞蝶。画面看似简单，却暗含着雍容之气。

现在北京依然见不到枇杷树，但超市里倒是经常可以看到枇杷果，装在一个小纸盒子里，当成精细的水果卖。只是再也听不到外祖父那浓重的胶东口音了。

覆盆子

种田泡、撒秧泡、大麦泡、栽秧泡子、树莓、山莓

您还记得覆盆子吧？初中课本里有，《从百草园到三味书屋》提到过的野果子。书上是这么写的：“如果不怕刺，还可以摘到覆盆子，象小珊瑚珠攒成的小球，又酸又甜，色味都比桑葚要好得远。”那野果子精巧漂亮，连同它又酸又甜的好味道一起常驻于作者心头，与碧绿的菜畦、高大的皂荚树，还有充满神秘色彩的何首乌一道编织成一段斑斓的光阴。那光阴是属于迅哥儿的。

我曾带着朝圣的心态游览过绍兴的百草园，试图体味鲁迅先生笔下的田园诗。但见菜畦青翠，石井依然，只可惜没有找到覆盆子。

得以认识这种妙趣横生的果子，是在千岛湖上的某个小岛，那是十几年前的初夏。千岛湖是干净的，天清水蓝，连草木都透着精神。山道旁的灌木丛里，巴掌似的绿叶间结满了手指肚大的小果子，红紫相间，像是簇簇晶莹的红水泡儿。“快来看呀！野草莓！”游客们兴奋地大叫起来，接着赶紧问导游：“这能吃吗？”“能吃。可这不是草莓。草莓是长在草窠儿里的。”导游顺手从枝条上摘了几颗精巧的果子递过来，

“吃吧，吃吧。这叫覆盆子。吃了补肾，撒尿能把尿盆滋翻了。哈哈——”轻快的笑声回荡在山林里。

覆盆子嚼在嘴里散发出紫罗兰般的香气，口味着实不错。不仅可以当作水果，而且也能入药。古人认为它补肾、固精、缩尿。至于是否可以滋翻尿盆？或者可以减少起夜次数而把尿盆翻过来不用？那不过都是种夸张的幽默罢了，不必深究。至于它为什么叫覆盆子，还有另一种说法，仔细端详，这果子长得像一个翻过来的小盆儿，由此得名。

覆盆子与大文豪有缘。除了鲁迅，一千多年前，充满生活情趣的苏东坡也好这口儿。不仅自己吃，还教给朋友怎么分辨。“覆盆子若不真，即无效。前者路傍摘者，此土人谓之插秧莓，三四月花，五六月熟，其子酸甜可食，当阴干其子用之。今市人卖者，乃是花鸦莓，九月熟，与《本草》所说不同，不可妄用。”这是他在黄州时写给好友的信。苏东坡是大文豪，也是大书法家，留下一幅《覆盆子帖》自是少不了的：“覆盆子甚烦采寄，感怍之至。令子一相访，值出未见，当令人呼见之也。季常先生一书，并信物一小角，请送达。轼白。”这幅《覆盆子帖》虽仅有六行四十四字，却轻重错落，意趣横生。作为稀世珍宝至今藏在台北故宫博物院。

覆盆子是野果子，自然不是文人的特供品。它长在田间地头，农人从田埂边随时可以揪来消渴解馋，因此它还有一串很接地气的名字：种田泡、撒秧泡、大麦泡、栽秧泡子……遗憾的是，别看覆盆子的名气不小，可传统上却很少见到有人种植或是正儿八经地当作水果售卖。或许是因为它太过土气可又娇嫩得不易贩运吧！

也别说，近几年城市里流行西点，很多甜品店里都出售树莓蛋糕、树莓果酱、树莓饮品。而那种长在枝条上的树莓或者叫山莓，看上去怎么那么像咱们说的覆盆子呢？珊瑚珠攒成的小果子，翻过来看，就像个精巧的小花盆，有的珠粒上还带着丝细软的茸毛。仔细一查，它的确是覆盆子的变种。覆盆子在欧洲本来很少，从十六世纪才开始大量种植，大仲马的《美食大词典》里还专门比较过红色的和黄色的区别，认为黄色的香气更怡人。在欧洲人们可是把它当成了精品水果。再传回来之后，也就洋气多了。

菱　角

冰碗儿

“老菱角——嘞——卖；

鲜菱角嘞——卖……”

今天的人们对于这样的叫卖声或许显得耳生。但在半个多世纪前，倘若您在夏末秋初穿行于北京的大街小巷，随处都能听见这样清亮悦耳的吆喝。

菱角本来多产于江南。江南多湖，湖里的菱角自然也多。漂在水面上的菱角叶子光滑如镜，江南人也把镜子叫菱花镜，听着都觉得美。古代的镜子大多也做成一朵菱花的模样。

江南的菱角各种各样，有紫红色的，有青绿色的，有四个尖角的，也有三个角的，北方人见了觉得新鲜。在江南，菱角和莲藕、茭白、茨菰、鸡头米、荸荠、水芹、茭儿菜并称为“水八鲜”，口味甘美。当地人可以用菱角来烧肉炒菜，还可以做成菱角粉冲调成羹。

北京从前也产菱角，只不过只有牛犄角似的两个角，而且也没见人用它来正儿八经地做菜。通常只是煮熟了当零嘴儿沿街叫卖。

小贩们用皮带背着个木质的圆箩，上面盖着块潮乎乎的白布，白布下面就是刚刚煮熟的老菱角——像是一只只紫檀雕刻的小蝙蝠，又像一对黝黑乌亮的大犄角。这样的菱角卖得很便宜，花上两毛钱就能买一大捧。要是谁嘴急，小贩会用手里的黄铜钳子立马儿帮您夹开。“咔吧”一声，露出颗白亮滑溜的大菱角米，含在嘴里粉香凉润，让人不由得想起什刹海利飕的风。若是不等着吃，那黑红的老菱角还可以拿在手上当玩意儿，摆弄上几天也不会坏。

菱角的讲究吃法也有。就比方说什刹海边上荷花市场里的冰碗儿，是把菱角米、鸡头米、鲜莲子、脆藕放在小瓷碗里，撒上碎冰和白糖，嚼在嘴里清凉沁脾，称得上是老北京标志性的冰点。

朝阳门外护城河的北河沿附近曾经有片不大的水塘，当年就叫菱角坑，那是老北京人消夏纳凉的好去处。坑边围绕着古槐、垂柳，塘里长满了菱角、茨菰、鸡头米。油绿的菱角叶平铺在水面上，像是一面面散射的镜子，簇簇相拥，缝隙间点缀着闭合的小白花。老人们说这花只在夜里开，而且会随着月亮阴晴圆缺而变化姿态。我没有见过盛开的菱花，想必很好看吧，要么《楚辞》里怎么说“芙蓉盖而菱华车兮，紫贝阙而玉堂”呢？菱华即是菱花。那时的菱角坑必是有着迷人的夜色。“只将菱角与鸡头，更有月明千顷、一时留”，当时的人们是否也体验到了苏东坡所写的这般意境呢？

立秋之后进了末伏，天还是热乎乎的。偶尔有那半大小子趁看坑人没注意赤身裸体跳进池塘里，拉扯着菱角叶拖出整根肥厚的菱角茎，为的是掰下几颗鲜菱角来解馋。湿漉漉的菱角带着水珠儿，就那么在清水里涮涮，用大门牙一嗑，菱角米刺溜一下钻进嘴里，紫黑的瓷实香甜，浓绿的软嫩水脆。手上剩下两瓣空空的菱角壳儿，光滑得不沾一星果肉，正好带着水音儿当哨子吹。

二十世纪六十年代，菱角坑被填平盖起了工厂，再后来，又建起了高高低低的大楼。现在的北京地图上已经找不到“菱角坑”这个名字，当然也听不到卖老菱角的吆喝声了。偶尔在早市上能够见到卖生菱角的摊贩，也只是点缀性地摆上一小堆儿。爷爷、奶奶们买回家给孙儿孙女看稀罕，捎带着讲起自己小时候的故事。不知这是否也能算作是“菱角远牵衣”呢？

荸　荠

马蹄、地栗、马蹄糕、荸荠糕

荸荠原本生长在南方的泥水里，可京城里的人对这算盘珠子似的小玩意儿似乎从不陌生，甚至曾经把它融进年俗里。早年间，除夕这天，天刚擦黑，街头巷尾就有些推车或是背筐的小贩吆喝着卖荸荠。荸荠买回家当然不是为了和馅儿包饺子，而是为了讨句吉祥话儿——年货“备齐”，可以踏踏实实过年了。

小贩的荸荠多半是生的，沾着斑驳的干泥。冲洗干净之后紫红黑亮，典雅贵气，正好衬托出过年的气氛。捧上一大把放上冰糖煮成荸荠水，据说喝了可以清热祛火。剥出粉白脆生的果实又可以充当冬天难得一见的水果，真可谓一举两得。心灵手巧的主妇还能用荸荠烧出几道像模像样的小菜放上年夜饭的餐桌。或炒肉，或炖羹，甚至可以像炸藕盒一样嵌进肉糜，裹上面糊，炸成金黄色的小球儿。说它是菜也行，说它是水果也行，周作人索性称它“粗水果”，听着倒是挺贴切。

荸荠好吃，剥荸荠皮可是个苦差事，剥不了多少手指甲就会生疼，所以最好是用小刀仔细削了去。嘴急的孩子可没那么多讲究，抓起几个荸荠用水涮涮就那么直接啃了。结果是一嘴黑皮渣子搅着白生生的果肉汁水横流，倒也能咂摸出些带着土腥味儿的水灵气。在孩子们耳朵里，这荸荠似乎更容易听成是“鼻涕”。所以往往是一边啃着一边互相取笑打趣。过年嘛，图的就是个乐和。

现在很多人喜欢把荸荠叫作“马蹄”，这种习惯源自广东、福建一带，后来慢慢传到北方。并不是荸荠长得像白龙马的蹄子，而是因为在闽粤方言中“马”的意思是果，“蹄”的读音与地相近，连起来就成了“地里的果子”。这和一些地方把荸荠叫成“地栗”异曲同工。至于为什么颠倒了顺序？则和一些地方把公鸡、母鸡说成是鸡公、鸡乸是一回事儿。

广东人讲究吃早茶，早茶上少不了马蹄糕。胶冻似的马蹄糕一片一片的，颜色茶黄，柔韧透明，里面镶嵌着朵朵雪白的马蹄花，嚼起来既滑软又弹牙。按传统工艺，这种马蹄糕是把鲜马蹄磨浆兑上糖水蒸制出来的。不过现在大多是用现成的马蹄粉勾兑了。

与之呼应，老北京有道精致的甜点叫荸荠糕，是用荸荠丝、金糕丝、青梅丝一起熬煮，和上水淀粉勾硬芡，晾凉后切成菱形块，吃的时候再蘸上干粉，下油炸至金黄。上桌的时候蘸上砂糖，外皮滚烫酥香，芯里却是爽甜的果冻。

如今过年的时候听不到卖荸荠的吆喝声，也很少有人知道曾经还有这么个年俗，甚至连自家煮荸荠的也不多见。毕竟剥皮是件麻烦事，若想吃时，很容易从超市里买回装在罐头里的清水马蹄或是糖水马蹄，可以直接享受那酥嫩水灵的果子。

话又说回来，有时候吃东西需要的是体味一种过程。就像围炉而坐，煨一瓦钵子荸荠，一边听着咕嘟咕嘟的响声，一边趁热剥着那紫黑色的小果子。那场景想起来都觉得暖心。要体味其中的滋味，就去看看张爱玲的《半生缘》吧！曼桢和世钧一直就那么坐着，就那么，剥着荸荠。

猕猴桃

藤梨、苌楚、几维果、奇异果、黄金奇异果

是谁最早酿出了美酒？有人传是杜康，也人有说是仪狄，不过仔细想来也许未必有某个具体的人。因为远在有人之前，世上的猿猴早就在享受这种琼浆玉液了。

猿猴们把采集来的野果子放进山洞里的大石洼，日久天长自然发酵成未经人间烟火的美酒，这就是很多古籍中记载的猿酒。猿酒可遇不可求，偶尔有尝到的人把它形容为悟空仙露，说它碧绿如琥珀，甘美绝伦。至于是什么果子酿出这仙露的，说法不一，其中比较靠谱的是猕猴桃。成书于宋代的《本草衍义》里就写着深山里的猴子爱吃这小果子。或许正因为这个原因，这种长得本来就挺像毛猴的野果子就被叫成了“猕猴桃”。当然，在古书上它还有很多名字，比如在《开宝本草》里叫“藤梨”，而在《诗经》里它叫“苌楚”，是其中提到的十九种可以吃的果实之一……

尽管猕猴桃原产于中国，可或许因为它那身土褐色的毫毛看起来远不及桃、李、梅、杏赏心悦目，而且也闻不见什么香气，所以一直是难登大雅之堂的野果，就那么漫山遍野里荒长着，任由猕猴们狂吃过瘾。偶有移植进城的，也只作为装点院落的观赏花木。

很多大事，缘起偶然。二十世纪初，一个偶然的机会彻底改变了这种野果子的命运。

那是一九〇三年，来中国度假的新西兰女教师伊莎贝尔女士发现了这种奇异的果实，并且带着它远赴他乡，去了太平洋深处的那个岛上，就像是领走了一个不太招人待见的流浪儿。不想，这果子很快适应了新西兰陌生的水土，经过驯化改良，被培育成鸭蛋大小的可食用水果。当地人觉得，这种果肉碧绿的浆果兼具香蕉、草莓和凤梨三者的味道，用勺子一抠，简直就是天然水果布丁，实在太美妙了！美妙得如同新西兰的国鸟几维鸟（Kiwi）。于是，他们郑重地把这种果子命名为几维果（Kiwifruit），不仅自己大吃特吃，而且把这美妙的果子推广到世界六十多个国家，包括它的老家中国。有意思的是，经过几十年转了一大圈，荣归故里的猕猴桃被音译成了奇异果。可别说，这个名字确也符合它的传奇身世。

到了二十世纪七十年代，不知哪个明白人恍然大悟：这风行世界的奇异洋果子，不就俺老家漫山遍野的猕猴桃吗?！于是赶紧引进优良品种，同时开始选育自家山野里的猕猴桃。印象里二十世纪八十年代初的猕猴桃滋味真不错，吃起来像甜瓜，像柑橘，又有些像蜜桃，甘美而独特。那时的猕猴桃个头儿不大，切开后透明的绿肉像翡翠似的，中间镶嵌着两行芝麻似的小黑籽。当时那可是水果中的珍品，自然价格不菲。

只可惜好景不长，猕猴桃风光的日子也就那么十来年功夫。后来的猕猴桃个头儿倒是大得像鸭蛋，可吃起来不甜也不酸，中间还有一根白筋。据说为了增产，这种猕猴桃都蘸过一种叫膨大剂的药水。就这样，海归派的精品水果一下堕落成了地摊上的搓堆儿货。

您若是想买到好吃的猕猴桃，小贩会给您推荐那些货架上装在漂亮盒子里的进口品种："您买这个吧！新西兰黄金奇异果，进口的，清甜清甜的，这可不是猕猴桃……"让人说什么好呢！其实这种黄金奇异果的母株和父株是新西兰科学家一九七七年的时候才从北京植物园和广西桂林分别带过去的。果子的故事，有时候真让人瞠目结舌。

甘　蔗

柘浆、竿蔗

甘蔗算水果吗？

有人说，当然算。因为甘蔗多汁、杀口甜。小时候，燥热的三伏天举着节一尺来长紫黑色的甘蔗棒，用牙直接撕扯去铁片子似的甘蔗皮，“咔嚓咔嚓”狂啃那冰柱似的甘蔗芯儿，任凭清凉的甜汁在口腔里翻腾，甜翻了舌头，之后“噗”的一声啐出满嘴甘蔗渣，那才叫爽！

那时候的甘蔗非常便宜，普通人家也可以扛回几根给孩子们解馋。吃甘蔗有着独特的讲究，梢上那段儿虽嫩但青涩不甜。根底下的很甜，却干硬难咬。所以最好挑那中间几节，嚼起来满口甜浆，最过瘾了。天色将晚，路灯下面几个小伙伴坐在马路牙子上，每人举着根甘蔗痛痛快快地边嚼边吐，四周地上一片白花花的残渣，浑身上下每一个毛孔都透着轻快。

虽说如今那种原生态的吃法不多见了，但充盈着土膏露气的鲜榨甘蔗汁仍然为无数“甜党”所钟爱。在古人眼里，甘蔗就是天生的复脉汤。早在屈原的时代，它就进了楚国人的神秘食谱。《楚辞·招魂》里说：“胹鳖炮羔，有柘浆些。”

柘浆就是甘蔗汁。甘蔗汁杀口甜，中国人一喝就是两千年。现在您要是到了港粤地区，少不了去凉茶店买杯竹蔗水清热润肺，其中的主料就是甘蔗汁。

也有人说，甘蔗怎么能算水果呢？水果水果，非瓜即果。甘蔗是植物的茎，既不是瓜，更不算果。即便是种甘蔗也用不到种子，而是把一节甘蔗横埋在泥土里。过不多久，暗藏于结节处的小芽就会滋长出大大小小的嫩枝，最终发育成一棵棵竹竿似的甘蔗树。或许因此，李时珍《本草纲目》里说，甘蔗又叫“竿蔗”。

甭说，把甘蔗当竿子用的典故历史上还真有。魏文帝曹丕有一次喝大了，本想嚼根甘蔗解解酒，结果糊里糊涂把甘蔗当拐杖拄着走了，招得左右大笑。

其实，甘蔗算不算水果并不重要，重要的是它带来的甜美甚至超过一般的水果，以至于人们用它制出了“糖”这种基本的食物添加剂。今人看来，糖或许只是寻常之物。然而在我们饱尝辛酸苦辣的先民眼里，糖不仅丰富了人的口味，更充满了神秘色彩。人们对糖寄予无限憧憬，常把它和美好乃至光明联系起来，用它制成的珍贵美食或用于庆典，或供奉祖先和神明，表达着对甜蜜生活的礼赞和祈盼。

说到糖，就不能不提提季羡林先生。身为大师的他，晚年机缘巧合竟被一张敦煌残卷所吸引，倾注全部心血写出了一部与甘蔗有关的《糖史》。这部七十多万字的浩繁巨著，揭示了隐匿于味道深处的一部人类文明史。

根据季羡林先生的研究，印度最早将甘蔗榨出的汁水晒成糖浆，煎煮后制出了石头似的蔗糖块。这种宝物经丝绸之路逐渐传进中国，同时也陆续传到埃及以及欧洲。直到今天，英语、法语、德语、俄语、阿拉伯语等语言中“糖”这个词均源自梵文。不过那时的糖并不是白色粉末，而是类似于今天的老红糖块。唐代，朝廷专门派人去西域学习制糖术，回来之后在扬州大面积种植甘蔗生产出糖来。到了明代，中国人发明了“黄泥水淋脱色法”，制出了洁白如雪的蔗糖，远销印度、南洋诸国，并最终传遍全世界。

一棵不起眼的甘蔗，引出的故事错综复杂，绵延数千年，遍及五大洲……真个是朝雾苍茫的甘蔗，大气芬芳的甘蔗。

佛　手

香橼、佛手香橼、佛指香橼、佛手柑、闻果

有种奇葩叫佛手。身为水果，好看好闻，可就不能剥了皮就吃。它的果肉已然退化，只剩下一层粗厚的皮囊。或许正是由于佛手没有同门弟兄柑橘与香橙那么鲜甜水灵的肉身，反倒越发凸显出其形美气香的特质，超凡脱俗。

成熟的佛手艳黄鲜亮，形似一簇长短不一的手指，或张、或伸、或握，微微卷曲，妙趣横生。有人觉得它酷似莲花宝座上各式佛像优雅多姿的手势。论真了说，佛手本不能自立门户，它只不过是一种原始柑橘类果实香橼的变种。现在很多人未必见过香橼，它个儿小皮厚汁少，像个疙疙瘩瘩的大松果，既不好吃也不中看，唯一的优点就是那层大厚皮散发出的浓烈芳香气。从前人们直接用香橼来熏香房间，后来经过长期选育又栽培出了身形奇特的佛手香橼，或者叫佛指香橼、佛手柑。这么一来，既可以闻香，又可以观果。日久天长，人们索性直接叫它“佛手”，听起来更生动。逢年过节，人们都好讨个口彩，而“佛手”恰巧与“福寿”谐音，更让漂亮的佛手成了人见人爱的吉祥果。

佛手不单好看，而且好闻。独特的果香清凉幽雅，吸上一鼻子顿感心神舒展。这香气缥缥缈缈，舒缓清远，让人不由自主鼓起鼻翅去寻觅奇香。有人说这叫冷香，闻上多久也不觉得呛人，类似于梅花、水仙。而非桂花、玫瑰、风信子那种暖香，扑鼻而来，浓厚甜腻，能香人一跟头。

梅花清寒，只宜室外。水仙淡雅，但花期不长。黄澄澄的佛手大气养眼，方便摆放，还不必劳神伺候着。更重要的是它的芬芳可达月余，即使枯萎了也依然余香不散，因而成了经典的闻果。在明清风俗画里经常能看见陈设在香几、条案上佛手，甚至直接被摆在罗汉床的一角。“清香夜满芙蓉帐”，或许是古人的一种生活情趣吧？

《红楼梦》写探春屋子里的摆设时特意提到了“左边紫檀架上放着一个大观窑的大盘，盘内盛着数十个娇黄玲珑大佛手”。有人觉得一下子摆“数十个”有些夸张，其实不然。紫禁城里的储秀宫是当年慈禧居住的地方。那里有几口大瓷缸，蓝底白花珐琅彩。当初它可不仅仅是摆设，而是窖藏佛手、香橼之类闻果用的器具，这叫熏殿。那时每个月要换两次缸，把宫殿里里外外熏得清馨爽快，兰露滋香。

紫禁城用的佛手并不来自遥远的南方，而是产自北京的暖洞子，也就是现在说的暖室，那里专门培育反季节的奇花异果。记得小时候，我还在中山公园的唐花坞见到过长在树上的佛手，一个个挂在青翠的枝叶间，像是娇黄的小灯笼。

暖洞子培育的佛手最初专供宫廷享用，后来每逢过年，京城里有条件的人家也买来摆放，作为岁朝清供，图个福寿双全的吉利气儿。新春之际，拜年串门儿，抬眼看见大佛手，体味到梵乐清音般的沁人天香，多喜兴的事儿。一般住家户承受不起整缸的摆法，也就是用个大瓷盘子盛上几个，摆在堂屋八仙桌的正中。也有些附庸风雅的文化人觉得摆多了俗气，只取一枚精巧的佛手，用个豆青色小盘托着陈设于案头，玩味那丝丝缕缕气息间的若有若无，欣赏其修长宛转的果形之妙。

近些年北京冬天养水仙的人不少，但过春节摆佛手的倒不多见。很多年轻人甚至不知道有所谓“闻果”一说。我倒觉得这一习俗可以提倡恢复。毕竟，佛手作为天然薰香不仅优雅别致，而且十分环保健康。另外，这玩意儿即使放干瘪了，切下一小块当作调料炖肉，那滋味也是异香扑鼻。据说做传统京式点心用的青红丝正是用佛手加工的。

李　子

灰子、黑布林

相传，老子的母亲因为吃了一颗从河里漂来的李子而怀上了老子。孕育了多久呢？孕育了九九八十一年，所以老子姓了李。另一种说法是，老子的母亲扶着一棵李子树生下了老子。老子一出生就会说话，指着这棵李子树道："我就姓李了。"就为了这个缘故，据说是老子故乡的亳州至今都不把李子叫李子——总不能把伟大的先贤生吞活吃了呀！那就借熟透了的李子表皮那层青灰色的霜，叫它"灰子"吧。虽然只是个传说，但也能看出中国人吃李子的历史应该蛮长久的。

在《诗经》的时代，李子应该是比桃子更金贵的水果。要不怎么会在《大雅》里收录了"投我以桃，报之以李"的诗句呢？情谊深厚，回报理应更重才是，起码也要价值相当，所以成语里有了"桃李满天下"的说法。桃和李，原本总是成双成对出现，不管是"桃李无言"还是"艳如桃李"，就像肩膀齐的弟兄。

或许是因为经过人工栽培的桃树发育出了更为丰硕的果实，或许是因为仲春时节桃花的粉红娇艳抢了李花素白碎小的风头，反正最终红起来的只有桃，而没有李。无论是在高雅的诗文里还是在市井的果摊儿上，李子一直只是个陪衬、点缀。说起来挺奇怪，尽管李与“礼”同音，但在重视礼教又乐于讨口彩的漫长岁月里，李子依然没混上个可以大模大样登堂入室的地位。您见谁家给老人祝寿送去一筐李子，或是过节时候在堂屋的大果盘里摆上红里透黄的李子？没有吧！虽说是“瓜田不纳履，李下不正冠”是君子所标榜的行为，但李子的地位一直挺尴尬的。

李子落魄到这般地步恐怕还有一个原因，就是那句不知源于何年何月何处的俗话：“桃饱人，杏伤人，李子树下埋死人。”李子吃多了胃里会觉得不舒服，这应该是人们经验的总结，甚至有一种说法：“李子不沉水则有毒。”但是不是吃了之后必定一命呜呼？恐怕未必。不过既然有这么个说法，那还是回避着点儿好。来自民间的影响力远远超过了诗文。对于李子，人们通常只是浅尝辄止。

不过这种情形近些年似乎变了。超市里出现了一种紫黑皮的高档洋水果，网球大小，滴溜儿圆，外表挂着一层淡淡的青霜。名签上标示为“黑布林”。很多人觉得新鲜，买回来大吃一番。结果尝来尝去，那混合着花香味、杏仁味、桃子味和淡淡香辛气的难以言传的味道怎么那么熟悉呢？总觉得和李子一个味儿。其实黑布林就是一种大个儿的李子。

若是追根溯源，这种洋李子还真跟咱们国产的李子有些渊源。全世界的李子主要分两大类，一类是土生土长的中国货，熟透之后色泽红艳，后来传进日本，十九世纪末传到了美国，当地人叫它亚洲李。另一类蓝紫色的欧洲李，是当年十字军从叙利亚的大马士革带回欧洲的。因为这种李子果肉太硬不宜生食，都是晾晒之后再烤制成果脯，放上一年也不会干透。据说路易十四有个兄弟好这一口儿，总也吃不够，所以它又被称为“亲王”。这两种李子经过杂交培育，就成了无涩味、不易裂的所谓黑布林，听起来蛮洋气。

美味无国界，感觉好就行。于是黑布林成了写字楼里茶歇时盛在透明餐盒里的标配。靓女帅哥们铆足了劲比着吃，没有人在意那句关于李子的老话，倒也没见谁吃多了就怎么着。看来对于水果，建立在传说和故事之上的固有认知也未必都对。

梅酒

梅

梅丼、话梅、苏式话梅、九制话梅、乌梅、白梅

起初，梅子并不是零食，它是和盐同等重要的生活必需品。《尚书》里讲："若作和羹，尔惟盐梅。"那时人们吃饭既离不开盐，也离不开梅。盐咸，梅酸，有了盐和梅，生活也就有了滋味。盐和梅相互调和正如舟和楫的搭配，谁也离不开谁，于是有了成语"盐梅舟楫"。

新鲜的梅子搁不住，且每年只产一季。梅子熟了用盐腌透存起来，吃饭时配上一颗，咸味儿酸味儿全有了，开胃下饭，一举两得。后来各种菜蔬调料日渐丰富，梅子被挤出了油盐酱醋的行列，单配一颗酸梅下饭的吃法越来越少见。不过唐朝时传到日本的梅子饭倒是原样传了下来，名叫"梅丼"。

用盐腌梅子的做法看来是有传统了。尽管不再被当作咸菜，但也自有它的用途，那就是做话梅。

话梅原先专指说书先生吃的梅子。今天的评书艺术在唐宋时就叫"说话"，那一说就是几个时辰不歇气，难免口干舌燥。说书人含上一颗话梅，酸里透着咸，回甘生津，说起书来顺畅，人也透着精神。听书的发现这个法宝也学着含，有的说书人就捎带手做起了话梅生意。听书解气，含梅解

乏，于是话梅就渐渐演变成了大众零食。

江南盛产梅子，再加上明末一代评书宗师柳敬亭长期在那一带说书，江南的话梅也就格外出名。梅雨时节一阵风，黄梅落满地，挑八九成熟、果形完好的梅子，一层梅子一层盐入缸渍着，去涩入味。过些日子再漂洗、晾晒，逼出梅子的清香气，这就成了咸梅子。

梅子还可以用甘草或甜菊叶煎煮出汤汁，加上冰糖、蜂蜜二次浸渍，再晒坯，喷上香草油，装进罐子焖上一段时间，这就成了酸里透甜、甜里微咸、咸后回甘的苏式话梅。苏式话梅细腻柔软，小酸小甜，丝丝缕缕让人欲罢不能，就像一位苏州城的小家碧玉。这时江南也进了潮热难耐的小暑节气，含上颗话梅正好开胃解暑。

和苏式话梅同样大名鼎鼎的九制话梅可就风格迥异了。九制话梅瘦皱精干，还挂着层盐霜，是典型的粤式凉果。别看其貌不扬，口感却迂回曲折——入口咸，回味后由酸而甘，韵味悠长，即便只含剩下一枚果核也让人咂摸上老半天。这颇像粤语评书“讲古”，铿锵曲折，别有回味。如此韵味大概得益于“十蒸九晒，数月一梅”的独制工艺。所谓九制其实未必恰好制九次，而是说要经过很多道工序。

北京不产梅子，北京人熟悉的梅子是中药铺里的乌梅。乌梅也是干的，泡发了放上山楂、干草、陈皮、桂花、冰糖一起熬煎，冰镇后就成了消夏解暑的酸梅汤。《红楼梦》里贾宝玉挨了父亲一通打，刚缓过神就想喝上一碗冰镇酸梅汤。

乌梅并不是“天然黑”，它是采了将熟的青梅，用弱火炕焙三天两夜，直到果肉黄褐起皱再焖上三天，就变成黑色的乌梅了。乌梅不咸，而是极酸，所以只能入药，不直接含在嘴里。与之相对应，腌制晒干后能直接含在嘴里的梅子都叫白梅。

乌梅也好，白梅也罢，都是指梅树的果实。其实在唐代以前，人们种梅就是为采摘果子当调味品。到了宋代，先是赵匡胤提倡“偃武修文”，官宦士大夫莳花艺草，赏梅、咏梅蔚然成风。后来国势衰微，文人名仕无奈之余以赞颂傲霜斗雪暗香扑鼻的梅花来标榜自己坚贞的品格。种梅的目的也大多演变成了赏花。日久天长，一提起梅甚至幻化为一种高洁精神的象征，再也不是一颗酸涩青愣的果子了。

拐　枣

枸、木珊瑚、金钩梨、万寿果、枳椇、木蜜

人吃果子，最早当然都是野果子。后来有些因为好吃，逐渐人工栽培，野生的反倒不怎么见了。有些呢，因为不好吃或其他什么原因一直都是野果子，甚至逐渐被人淡忘了，就比如拐枣。

拐枣曾经也是很牛的果子，因为它进过《诗经·小雅》，所谓“南山有枸”的“枸”说的就是拐枣。而这里的“南山”指的是秦岭。看来那个时候陕西一带吃这种果子的人还挺多。甚至按照《礼记》的说法，它应该是古时候妇女们见面时互相馈赠的首选礼物。

既然是美女们的伴手礼，就应该像模像样才好。无奈拐枣颜值太低，拐七拐八，勾连弯曲，没个正形儿。再搭上颜色也不够养眼，说灰不灰，说黄不黄，看上去像几条冻僵的蚯蚓盘在枝杈上，或者干脆说是鸡爪子。往好了讲像一簇沾满泥土的枯珊瑚，要说它像“卍”字那已经是抬举了。或许正是因为它长得丑，后来作为伴手礼的地位逐渐被人工培育出的粉桃、黄杏甚至朱红的枣子代替了。谁不喜欢看漂亮呢！而拐枣只留下一连串形象的小名儿，比如：木珊瑚、鸡爪子、结肉子、金钩梨、万寿果……或者干脆叫作怪枣。您要是说出这些，兴许会有上岁数的人说："小时候生活困难，吃过。"因为它就是穷孩子的小零嘴儿，即便是有背着筐卖的，也都极便宜。可要真报出它的大号"枳椇"来，反倒没什么人知道。

要说起来，拐枣并不是枣，甚至都算不上果子。它其实是果子下面那一段膨胀起来的果柄，或者说是憋粗了的树枝，树皮里面充盈着糖分，一股截儿一股截儿的，吸引鸟兽啄食借以传播种子。真正的果实镶嵌在拐枣的头上，是一颗又干又硬的棕黑色果粒，豌豆大小，三条纵沟里对应着三个瓣儿，里面有三颗籽粒，又苦又涩，没什么吃头儿。所以人们吃拐枣的时候都得先仔细掰干净一颗颗小黑豆儿，然后大嚼那筷子粗细拐来拐去的粗枝儿。尽管挺麻烦，倒也甘美如饴。这就是陕西童谣那句"掰豆豆，吃拐拐"。有那心急的小男孩儿索性直接攥上一把枝枝杈杈找棵树干或石头摔打上一番。密布枝头的小黑豆儿簌簌落下，剩下光秃秃、胖乎乎的不规则枝杈就可以直接送进嘴里大嚼特嚼了。

拐枣还是挺甜的，兼有枣和葡萄干的滋味，隐约带着丝酒香，就像含了口红糖，因此也叫“木蜜”。仔细咂摸咂摸甜味儿，噗的一口吐掉渣滓，像是甘蔗的吃法。不过，这仅限于秋霜打过的拐枣。若是霜降之前天不够冷，吃起来就是涩的了。

拐枣树是很高大的树，能长一二十米，树形也够漂亮。春天发芽，夏天开花，秋天结果，冬至成熟。怎奈这一轮辛苦，生出的子孙干瘪得不争气，只好把自己身躯的一部分憋肿起来浇注了心血，送与子孙带了去，像是一把小小的拐杖。可即便这样又能给子孙多少呢？到头来还是没有争过那些自身发育丰硕的果子。纵然出生高贵，又有什么用，渐渐不也被人忘了？《本草纲目》上说这弯弯曲曲的玩意儿能解酒醉，喝多了犯迷糊的人吃上一枝或许能醒醒。

拐枣三十几年前还有人卖，一毛钱好几串，现在问水果店的小老板，竟然不知道是什么了。

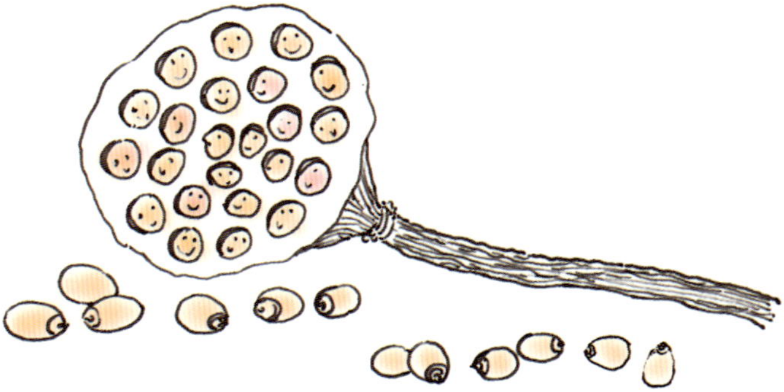

莲　子

孙文莲

头些天，人体冷冻技术忽然间又成了时髦话题。这回可不是什么科幻小说闹的，而是真的有个名人让医生把自己冷冻了，希望有朝一日能醒过来，重生人间。不管那一天是五十年后还是五百年后，让我们祝福他吧！因为，做出这个决定本身就足以说明，希望之花永远开在世上。

冷冻的人究竟能不能复活？不得而知。但对草木而言，这不是什么新鲜事。就比如深埋于泥炭中的莲子，即便过上千八百年，也可以再度绽放。

今年夏天，北京植物园里一池子莲花静静地开着，俊俏的花瓣透出淡淡的紫红，冷眼看去倒也未见什么稀奇，却引得满城惊艳，报纸网站纷纷报道。却原来，这池子莲花是用山东梁山县泥地里刨出来的古莲子繁育成的，特意被命名为“卧佛寺古莲”。据说那些莲子已经沉睡六七百年了，或许当时梁山脚下还是一片水泊吧！那时候北京还叫元大都呢，后来天下大乱，一个叫朱重八的穷小子当了皇帝。再后来，他的儿子朱棣把大明的国都迁过来，然后改名叫北京了。

时光如冷雨，滴在枯荷上。或许有些个顺着大运河来营造皇城的工匠正巧在梁山脚下的荷塘边歇歇脚儿，揪了几个熟透的莲蓬，掰出一把莲子，尝了几颗清香的果仁。之后顺手把剩下的莲蓬连同没剥干净的莲子丢到泥泽里，继续上船赶路了。零落的莲子有一些来年又开花结果，重复着花开花落。另一些掩埋进深深的泥炭里，变成一枚枚黑褐色的石子儿，从此睡去。或者说，不是睡，而是等待。这一等，几个朝代过去了。

然而它们毕竟不是石子儿，那坚韧的果壳里还包裹着一口气呢。只要一口气在，希望就在，就总有一天能活过来。它们搭载着坚毅的生命之舟穿越时空，得个机会，忽然惊醒，再造出了一池姹紫嫣红。

古莲复生的事并不稀奇。早在一九一八年，孙中山先生就赠送过日本友人田中隆四枚辽宁普兰店发现的古莲子作为礼物。莲花象征君子之交，莲子意味志士之盟。若干年后，经古生物学家大贺一郎博士鉴定，这四枚莲子的寿命竟然在千年以上。尽管表面已然炭化，但心里还活着。

活着就好！在大贺一郎苦心培育下，其中一枚古莲子竟真的活了过来，朝阳下盛开出淡粉色的莲花。就是这株复活的古莲，后来又和鉴真东渡日本带过去的“大唐招提寺莲”杂交培育出新品种，这就是著名的“孙文莲”。孙文莲几经周折传回了中国，并在二〇一四年最终回到了广东省中山市的孙中山故居。一枚普普通通的莲子，竟然演绎出跨越时空的传奇。

上一次花开花落还是一千多年前吧？不知道那时来看花的人里有没有吟诵着那几句诗的？“低头弄莲子，莲子清如水。置莲怀袖中，莲心彻底红。”有人说这诗里写的不是莲子，而是“怜子”——怜爱着一位谦谦君子的意思。而放进怀袖中捂红的也不是绛红的莲心，而是一颗跳动着的通红心脏，按捺不住。人嘛，总喜欢借物寄情，毕竟再漂亮的花也只开一季，而情感或可以长存，乃至共鸣于后世子孙吧！千古同此情，相思和等待。其实，长久的等待又算得了什么呢，假如过尽千帆之后，希望之花终将绽放的话。

不过话又说回来了，能够忍耐成百上千年的莲子毕竟只是少数。其中的大多数，不过就是一颗种子，每年花开花落，生死轮回，一切如故罢了；或者是一粒果子，被剥出白嫩的果肉鲜食或晾干了熬煮，吃的时候还要剔去中间那颗苦茵茵的绿芯子。

你心里的苦，又有谁欣赏呢？

香榧子

三代果

您玩儿过弹脑崩儿吗？弹脑崩儿也分南北两派。北派的弹法是用拇指拢住食指，铆足了劲崩在对方脑门儿上，透着凶猛。南派的弹法是把食指叠架在中指上，轻快地弹出“啪”的一声脆响，敲打一下对方的脑门儿，显得俏皮。这后一种弹法用南京话讲叫“给你个榧子吃”，算是微惩，可又带着怜爱。于是有了《红楼梦》里宝玉来到潇湘馆，听见赖在床上的黛玉长叹“每日家情思睡昏昏”，玩笑道：“给你个榧子吃，我都听见了。”

榧子自古就是珍贵的干果。传说越王勾践找来榧子给西施吃，想瞧瞧她咬那硬果壳儿的姿势是不是也透着美。聪明的西施哪能直接用牙呢，但见她用食指和中指轻轻一夹榧子壳儿上那对突出的“小眼睛”。“啪”的一声脆响，壳儿就裂开了，美得利索，美得俏皮。后来吴越一带就把榧子上那对小眼睛叫成了“西施眼”。两个手指头捏开榧子的动作，连同那声脆响就成了“打榧子”。打榧子可不是打响指，身份尊贵的宝玉怎么能对林妹妹打响指呢？后来秦始皇东巡路过西施故里诸暨，当地乡民进献榧子，因果味奇香，始皇帝封为“香榧子”。

诸暨一带的深山老林是香榧子的圣地，中国一大半的香榧子都出产于此。这里人迹罕至，几万株榧树遮天蔽日，外行人一看，那就是一片古老的杉树林。所以《本草纲目》上说："榧生深山中，人呼为野杉。"这种树很特别，它不是春华秋实，而是去年春天开的花到今年秋天才挂果，可今年挂的果要等到来年秋天才能熟透。也就是说同一棵树上既有青绿的新果，也有褐色的陈果，两代甚至三代果子同时挂着，当地的说法叫"千年香榧三代果"，所以也叫它"三代果"。

说它千年，一点也不夸张。榧树的寿命长久，百年以上不算什么，千年以上也不稀奇。诸暨一带千年以上的榧树就有将近三千棵，其中一棵号称香榧王，树围十米，高十五米，挓挲开来的树冠下就是一个天然篮球场。这棵树已经一千三百多岁了，也就是说，当它是小树苗的时候天下还是大唐的呢！

大唐的时候，这一带的香榧子就是贡品。有意思的是，不仅果子进贡，连吃果子的人也一并上贡了。《太平广记》上说："宝历二年，浙东贡舞女二人：一曰飞燕，一曰轻凤。修眉黟首，兰气融冶。冬不纩衣，夏无汗体。所食多荔枝榧实、金屑龙脑之类。"榧实就是香榧子，或许当时它还是养颜食品吧？

吃了香榧子能不能美成那样不好说，但吃了香榧子果仁外表那层棕黑的果衣能驱蛔虫倒常有人讲起。那层果衣看似轻薄，却非常难剥，就像镶在乳黄果肉上似的，用指甲刮都剥不干净。其实不必剥净，就带着它吃，浓香之中略显微苦，反倒香得甘洌。

地道的香榧子也就和人的眼睛一般大小。一头圆来一头尖，尖的那头两侧各有一个小白点儿，那就是西施眼，二指轻轻一掐，壳儿便裂开。刚采下来的香榧子并不能直接吃，要去掉果皮晾上半个多月炒熟了才好吃。炒的时候可有讲究了，火急了焦煳，火小了干硬。传统工艺是带着壳儿先用木炭炒，再用文火烘，直到把果仁儿烘得松脆，吃起来才觉得酥香。近几十年又发明出“双炒法”，就是先用砂子炒一遍，用盐水泡了之后再炒一遍。

香榧子从来不大众，一般的干果店见不着。不仅是由于产地稀少，还因为采摘不宜。且不说一棵树长十多年才能结果，结了果要再等三年才能采摘，就单说采香榧子的过程，那可是个玩命的差事。因为很多古树枝干芯里已然干枯，支撑不住人，但从外表很难看出来，采果的人真是把命系在树干上，稍一疏忽就……所谓“一粒香榧一条命”，不是没有来历的。

真正珍贵的东西，哪个没有来历呢？

果生大地西

无花果

隐花果、神圣之果、乳包

小时候，院子里养着一株无花果，栽在青瓦大花盆里，一米来高，浓绿的叶子宽大厚实，像伸平了的巴掌。枝杈处不知什么时候长出来一颗颗青绿色的小嫩豆儿。大人们用淘米水浇灌，小孩子把打开来的半个鸡蛋壳儿扣在花盆里，为的是让残存的蛋液流进泥土变成肥料。夏末秋初，小嫩豆儿就发育成一颗颗乒乓球大小的紫黑色独头儿蒜，光溜溜的带着些金黄的斑点，那就是无花果——透着神秘的无花果。

无花果并非真的不开花，那花开在了果子里头，我们看不到。那果子也并非真的就是果子，而是一枚空心的肉质花托，中间藏匿着无数细小的花。在植物学上，它应该称为“隐头花序”或“隐花果”。如果仔细观察，您会发现蒜头似的果子正中是一个很小的孔洞。有一种叫作无花果小蜂的雌黄蜂，正是带了花粉从这里奋力钻进去产卵，无意中为那一簇簇看不见的小花授了粉。之后，在艰难跋涉中磨去翅膀和触角的雌蜂连身躯也全部融化于其中。它会被无花果酶分解成蛋白质，滋养着那枚神奇的果实。因此尽管我们含英咀华时能“嘎吱嘎吱”嚼到种子，但却从没发现过小蜂的残骸。

孵化出来的雄蜂瞎眼、无翅，它生命的全部意义就是在果子里挖掘隧道，把受孕的雌蜂送出去，携带着珍贵的花粉去寻找一颗新的无花果。无花果和小蜂就这样相依为命，一起度过了千百年。

大自然的造化，精妙得不可思议，只可惜人们在吃果子的时候，很少想到生命轮回。

貌似不起眼儿的无花果，注定不是平凡的果实。这种原产于小亚细亚和地中海东部的古老植物在《圣经》里被提及五十多次，它被称作“神圣之果”“生命果”“太阳果”……据说伊甸园里亚当和夏娃用来遮羞的正是无花果树漂亮的叶子。若果真如此，那一张张浓绿宽大的掌形叶子，也就是人类最初的衣裳吧？

在古代以色列人的生活里，无花果扮演着至关重要的角色。夏天，新鲜的果实是甘美的水果；天冷了，晾干压制成饼储藏起来，就是过冬充饥的干粮。大概在唐代，无花果传进了中国。可不知为什么，似乎一直没有大面积种植，也没有成为主流水果。

江浙的乡间偶尔可以看见粗壮的无花果树，婆娑的大叶子下挂满了紫红色、奶黄色的果实。据说那果子有通乳下奶的功效，所以当地管它叫“乳包”，而不是无花果。谁家的媳妇坐月子，打几个熟透的乳包下来研碎了炖母鸡或熬鲫鱼，看那密密匝匝的小籽和浓汤一起翻滚沸腾。产妇喝了这汤，就能滋生出养育婴儿的乳汁。

老北京的四合院里摆放盆栽的无花果，百十年前曾是一种时髦，后来渐渐成了传统。盆栽的果树当然不是为吃，而是作为景致点缀环境，欣赏它肥阔的叶子充满生机，神奇的果子意趣盎然。至于秋后收获的那十来颗紫红的果实，往往也就让孩子们尝个新鲜。然后，再想上一年。

印象里，鲜的无花果并不很甜，只是有种独特的绵软和清鲜。据说新疆的鲜无花果甜得齁嗓子，可惜我从没吃过。长满褶皱的蛋壳色无花果干倒是经常见到，每次总喜欢捏上两个尝尝。甜，但并没觉得有什么特别引人之处，可每次看见了总会尝尝。对我来说，它的意义在于回想起小时候院子里那棵盆栽的无花果。尽管院子没了，但那棵树好像一直长在什么地方，茂盛着，浓绿着，带着淡淡的清香味儿。

苹　果

林檎、沙果、频婆果、苹婆、青香蕉、蛇果

不知您注意没有，尽管说是三个苹果改变了世界，但中国古典诗文里说遍了桃、李、杏、梨乃至远来的葡萄、岭南的荔枝，却唯独找不见苹果的影子。

倒不是古人觉得苹果不值得吟咏，而是因为那时候根本就没有苹果——既没有“苹果”这个词，也没有我们今天吃的这种清香脆甜、又大又圆的果实。

古书上记载着一种类似于苹果的果子叫“林檎”，虽然能招来很多飞禽在林中栖落，可人们却并不怎么吃它，只是用来熏衣裳或放在床头闻香——想来口感并不太诱人吧？不过也有人讲林檎就是现在那种个头儿不大的沙果。

元朝的时候，一种的新奇水果从西域被引入大都，嫁接在林檎树上长出了色泽红润的果实。该叫它什么呢？有人想到了佛经里提到的色丹且润的“频婆果”，于是就这么叫了起来。由于是音译，又被写成了“平波”“平坡”“苹婆”等。当时的频婆果非常稀罕，与金桃、玉桃一起种植在郊区的皇家苑囿里。直到明朝万历年间，“上苑之苹婆、西凉之葡萄、吴下之杨梅”依然都是天下名果。那时候安定门和崇文门外，专门设有两丈多深的冰窖储藏苹婆果供宫廷享用。入冬之前存进去，开春之后启冰取出来，像刚从树上摘的一样鲜灵。

也就是在万历年间，农学家王象晋编纂的《群芳谱》里第一次把苹婆果简写成了“苹果”，说它出产在北方，尤其以燕赵之地的最好。它形似林檎但个头儿要大。没熟的时候是青绿的，熟了之后半红半白，或者完全红透，光亮可爱，几步之外就能闻到香气，嚼起来口感甘松。若是不熟，嚼着像棉絮，完全熟透了又沙烂得不好吃了，唯独八九分熟的口味最好。这分寸好难拿！

康熙年间，北京的苹果依然金贵。皇帝为了表现隆恩浩荡，在南巡途中赏赐了宿迁的河道总督一盆苹果。与此同时，在地球的另一头，树上掉下来的一个苹果正巧砸到了牛顿的脑袋。那是一颗来自地中海希腊史诗时代的苹果。不知不觉间，世界真的要改变了。

到了乾隆年间，京城里的苹果似乎略微放下了些身段儿。当时的价格比南方来的橙子和柑橘略低，但要高于梨、桃、李、杏这些本地水果。苹果雍容华贵，不仅皮薄绵甜，而且让人联想起平安吉祥、太平盛世等等好字眼儿，于是成了宴席上必备的四鲜果之首，淡淡的余香至今留存在相声《满汉全席》里。

不过，令很多人想不到的是，今天市场上常见的本地苹果，听着很本土，却并不是康乾盛世时的北京苹果，而是来源于遥远的太平洋彼岸旧金山的西洋果。

十九世纪中叶，有位爱好园艺的美国牧师倪维思先生来到山东烟台。他开辟了示范农场，引进了果大瓤脆、皮红肉硬的旧金山苹果加以培植。这种苹果虽没有中国土生苹果气味清香，却产量高、易储藏，很快被当地农民接受并推广种植，命名为金山苹果。二十世纪初，又与本地苹果嫁接出了日后享誉中外的品种，不仅让烟台成了著名的苹果之都，也促使苹果广泛种植于中国北方的大地上，成为这里老百姓最熟悉的水果。

以至于当一种叫蛇果的洋果子假模假样端坐在玻璃柜台上傲视群果的时候，人们一眼就认出来：这家伙不就是大红苹果吗？和蛇有啥关系？蛇果和蛇的确没半毛钱关系，只不过是因为香港地区把 delicious apple 音译成了“地厘蛇果”，传到北方又按惯例精简成俩字——蛇果。

苹果的形象越来越亲民，甚至成了现代人的生活符号，印在电脑、手机上，缝在牛仔裤的屁股上，还激励着老大妈们跳起了广场舞。

石　榴

“五月榴花照眼明，枝间时见子初成。”

农历五月，正值石榴花绽蕾吐艳，传统上就把这个月叫成“榴月”。古人在榴月里摘了石榴花捣碎煎汁，染布织丝，剪衣裁裳，于是有了耀眼的石榴裙。橙红、桃红、粉红、火红……“红裙妒杀石榴花”，收尽春光，引得无数男子迷倒在石榴裙下，演绎出榴生百子的浪漫故事。

石榴究竟有怎样的魅力？它的花染红了唐诗宋词，它的籽长进了中国人的日子，一长就是两千年。“天棚，鱼缸，石榴树”，多有中国味儿的生活呀！面对窗前的石榴花，你可曾想过，这一片姹紫嫣红竟然穿越过丝绸之路。

中国的石榴来自西域，西域的石榴发祥于中东连绵的高山。而那片土地上，犹太人、波斯人、阿拉伯人创造了石榴花一样绚烂多姿的文明。

据说，希伯来语里石榴的本义是“从高山上来的”。犹太人认为石榴代表着上天的荣耀。你看，张开的石榴嘴不正像一顶王冠吗？石榴不仅多次被记录在《圣经》里，雕刻在所罗门圣殿上，更为生活在那片神奇土地上的人们提供着丰沛的营养。在两河流域，石榴和小麦、大麦、葡萄、无花果、橄榄油和蜂蜜一样重要。今天，当你徜徉于以色列的街头，会经常看见街边的摊贩从成箱的大红石榴中拿出三四个，一切两半，籽粒朝下按在专用的榨汁机上，狠拉几下压杆，榨出一杯玛瑙红的石榴汁，递给顾客一饮而尽，非常甜，也相当酸，口味浓艳。

波斯人钟爱石榴。他们认为火红的石榴是“太阳的圣树”，象征着多子与丰饶。强大的萨珊波斯帝国消失在与阿拉伯人的战争烽烟里，只留下金银器上的安娜希塔女神和她手里捧着的石榴。

阿拉伯人同样钟爱石榴。把水晶般的石榴籽撒满乳饼，烤得喷香之后用来款待远来的客人，听起来是不是像天方夜谭？这的确是《天方夜谭》里描述的美味。用石榴汁煮米饭您想过吗？那得甜成什么样！它就存在于阿拉伯人的现实生活里。阿拉伯人觉得每个石榴里必有一颗籽粒是来自天堂的种子。他们把这样的种子撒进了非洲。于是，燃烧的石榴花成了利比亚的国花。他们把这种子带到了欧洲的伊比利亚半岛，于是那里有了一座美艳的石榴城。阿拉伯人在那里一住就是七八百年，那就是今天西班牙的格拉纳达。

“格拉纳达”在西班牙语里的本义就是石榴。这座古城恰巧坐落在四座像石榴那样咧开嘴的山丘上。十五世纪末，西班牙人夺回格拉纳达，却留下了石榴。这座城就以一朵石榴花为标志画在了西班牙的国徽上。尽管石榴是外来之物，但它奔放如火的花朵实在太符合西班牙人的性格了，石榴花也就成了西班牙的国花。

我家的院子里没有天棚，也没有鱼缸，倒是有过一棵石榴树，长了几十年，碗口粗细，奇崛苍劲，盘曲着攀到了房顶的瓦上。端午过后花开时，蜜蜡般的花托上翻吐着红丝绢似的花朵。秋凉了，一个个小灯笼渐渐长了宝石球，摇曳在阵阵秋风里。那石榴皮很薄，“咔吧”一声掰开，颗颗籽粒晶莹剔透，排列整齐，粉红透亮。抠出几颗放进嘴里，酸甜的汁液带着一丝不可思议的奶味儿直渗进嗓子，那就是我儿时迷恋的“天浆”。每年天一热，就盼望着满树石榴花开火样红；天一凉，就期待着尝那老果子的新味道。只是那时候没在意，那每一颗冰清玉洁的水晶豆子上还映照着一片遥远的天地呢。

番石榴

鸡屎果、芭乐

以胡、番、洋、西开头的果蔬大多来自西方。有意思的是，这其中“番”字辈的又多原产于美洲，比方说番薯、番瓜、番椒、番茄、番石榴……

番茄就是西红柿，这个大家比较熟。可要是把南瓜叫做番瓜，把白薯称为番薯，把辣椒说成番椒，现在很多人就听不惯了。如果对一个庄稼人说，这些土生土长的南瓜、白薯、红辣椒都是哥伦布发现新大陆的时候从美洲带到欧洲，后来又漂洋过海兜了个大圈子才传进中国的，他们未必就信。是呀，南瓜、白薯、红辣椒，已经深深扎根于我们脚下的这片泥土里，成了老百姓的本命食，早就闻不出多少洋味儿了。一提起来还能让人感受到那么点儿拉美情调的，恐怕也就数番石榴了。

番石榴在拉丁美洲很常见。它像小青梨，或者说像大青枣，成熟之后果皮鹅黄，散发出充满诱惑力的香气。一九八二年，哥伦比亚作家加西亚·马尔克斯出版了他的老友、记者门多萨采访他的谈话录，特意命名为《番石榴飘香》。在他看来，精选素材有可能加工提炼出番石榴的味道。

这一比喻充满了浓烈的拉美情调，意思是说，作家只要深深植根于生活的沃土，从中汲取养分，就必能寻觅到最恰当的文学表达，让自己的作品神韵独具。正像他笔下天马行空的世界植根于外祖母那些貌似荒诞的故事。其实，他始终也没有走出自己和外祖父母一起居住多年的阿拉卡塔卡的那栋房子，那里关着他的童年。

也就是在那一年，加西亚·马尔克斯获得了诺贝尔文学奖。《百年孤独》来自他记忆最深处，那结构丰富的想象世界里杂糅着魔幻与现实，反映出整个大陆的生活矛盾，让魔幻现实主义飓风把番石榴的芳香吹遍全世界。

在加西亚·马尔克斯看来，番石榴意味着本土。可在我眼里，那奇妙的味道却象征着异域。照理说，番石榴和石榴并不连相。或许因为番石榴里那一大包砖头瓦块似的籽粒嚼起来要吐个不停，让人想起吃石榴的感觉？不得而知。虽说石榴也是来自外国，可毕竟年代太久远，早就演变成了地道的“国货”。但番石榴，起码在北方人眼里，多少还带着些微妙的距离感，尽管它在三百多年前就已传进了福建、台湾、广东，甚至在广东已经被叫成了很土气的“鸡屎果”。

成熟的番石榴果肉有白有黄，还有漂亮的胭脂红。吃的时候可以直接连皮啃，外围脆爽，中间绵软。还有种比较讲究的吃法，就是切成小牙儿，撒上带着咸味儿的梅子粉腌上片刻，再嚼起来就甜香异常了。潮汕地区也有人把它和九制陈皮一起夹着吃，酸、咸、甜、香，层次分明，味道别致。这或许算是本土化的吃法吧！

在我国台湾，番石榴叫“芭乐”，用它榨成的汁自然就叫芭乐汁，清爽里带着隐约的酒香，给人一种微妙的刺激感。那是夜市上必喝的风味饮品。近些年，泰国芭乐在台湾栽培成功，吃起来又脆又甜，比皮薄籽多相对酸涩的土生芭乐口味要强得多，价钱还便宜，或许再过多少年就会取代所谓的土生芭乐。看来，好吃就是硬道理。异域与本土，是可以互相转换的。

西　瓜

寒瓜、枣花儿、大花翎、黑蹦筋儿

“我的西瓜赛砂糖！真正是旱秧脆沙瓤……”

这句唱词原本不是京戏里的，而是侯宝林先生为相声《改行》特意编的。说的是早先大花脸金少山先生被逼无奈，改行卖西瓜闹出的诸般笑话。在这儿不说相声，而是想聊聊西瓜。

据说古时候西瓜叫“寒瓜”，从来就是消夏解暑的大果子。北京的夏天离不开西瓜。多咱见到了西瓜，多咱也就盼来了属于夏天的快乐。三四十年前，最先上市的西瓜要数枣花儿，个头儿不大，滴溜圆，深一道浅一道的绿花纹。切开之后红瓤黑籽，看着就招人爱。咬上一口，脆、沙、甜。略晚几天上市的椭圆球似的大花翎，淡绿色的花瓣纹，一只手托不动。大花翎水头儿大，就是有点肉瓤子。还有一种黑蹦筋儿，小皮球儿似的，黝黑墨绿，黄瓤、红籽、杀口甜，可惜现在难得一见。

西瓜刚下来那会儿非常贵，水果店里用二尺多长的西瓜刀切成秀气的长牙儿放在玻璃柜里，上下两排整整齐齐摆着。柜子后面挂上冷布，免得苍蝇蚊虫落上，显着干净透亮。为了抢鲜，西瓜也许并不太熟。常常是粉红的瓜瓤带着些白籽，但足以飘散出清凉的鲜甜味儿，逗引得过往行人多瞧上几眼。有那馋嘴孩子忍不住流哈喇子，用带着奢望的目光死盯住瞅。爷爷、奶奶们也只好咬咬牙买上一牙儿。孩子们啃得干干净净，只剩下薄薄的一层瓜皮，啃的时候顺便也就洗了脸。老人们看着乐在嘴上，甜在心里。

西瓜的价钱变动很大，在最盛的时候连穷人也买得起。那时卖瓜的方式不再秀气，而是小山似地堆在水果店前的空地上，周围的街坊邻居下班之后都会搬上一两个回家。您可以让售货员帮着挑，也可以挑战一下自己的手艺。

挑西瓜是门学问。讲究是一手托着西瓜，另一只手轻轻一拍，也有人会两只手捧着贴上耳朵听出生熟。不管怎么挑，要想把握好分寸，每次都挑出不生也不娄的好瓜，真得练个几年。

天暗下来了，瓜山被削去大半截儿。夜里会有位老大爷看着剩下没卖出去的西瓜，路灯底下弄张躺椅往那一躺，半梦半醒地摇着蒲扇。第二天天刚亮，就会有整马车的新瓜送来，重新堆起一座小山，而头天剩下的旧瓜，也就都贱卖了。

吃西瓜是一件充满仪式感的事情。买回来的瓜不能立刻就吃，而是要放进水桶里倒满凉水镇着，有时还要换两次新水，为的是让西瓜凉透。若是能弄到一两块天然冰，那就太棒了！扔进水里漂着，就是难得的冰镇西瓜。等到全家人吃过晚饭收拾好家伙事儿，西瓜也就差不多镇透了。摆张桌子在院当中，老老少少围坐着，静候着甜蜜的时刻。

老爷们儿把西瓜捞出来擦净水后放在案板上，用菜刀先切下带着瓜腕儿的瓜屁股，擦擦刀，然后"咔嚓"一声从中间切下，好与不好立见分晓，颇有些赌博的快感。在七嘴八舌的评判声中西瓜被分成三角块儿，摆放在大搪瓷盘子上。整个院子的空气都透着清凉，月光下的人们顿时觉得心里松快了。大家你谦我让着拿起红玛瑙似的瓜块儿一口咬去，冰凉杀口，暑气尽消，燥热与劳顿顷刻间不知去向。

伴着隐约传来的蝉鸣，一家人敞开了吃着透心凉的西瓜。姑嫂们拉着家常，奶奶给孙子扇着蒲扇，爷爷则叨唠着陈年老对子："坐北朝南吃西瓜，皮往东放。自上而下看《左传》，书向右翻……"吐出来的瓜子儿也不浪费，收在小竹箩里，积攒起来晾干炒熟，就是解闷的零嘴儿。

一个个夏夜就这么吃着西瓜，在明澈的月色里如清水般滑过。

哈密瓜

甜瓜、加格达

康熙三十七年冬，朝廷平定噶尔丹叛乱，立下汗马功劳的哈密王额贝都拉奉诏入京陛见。他精心准备着贡品，不仅有鹿角、羊羔皮、大布、梧桐碱等西域特产，还专门带上了几十个哈密种植的甜瓜。让皇上尝个稀罕是一方面，还有一层意思，就是表示诚心向化——我这领地的物产是属于朝廷的。

元旦朝宴上，晶莹闪烁的黄嫩瓜牙儿被端到皇上面前，一股异香扑鼻而来。“这是什么瓜果？皮还皱皱巴巴的。”康熙拿起一块端详着问。“回皇上话，这是额贝都拉感念朝廷恩德，千里迢迢带来孝敬您的甜瓜。”康熙尝了两口，不由赞叹：“嗯，甘甜无比！味道和别的甜瓜大不相同。既然来自哈密，不妨今后就叫‘哈密瓜’好了。”

金口玉言，哈密出产的无名甜瓜有了大号“哈密瓜”，从此“贡瓜年年渡卢沟”。被千年风沙吹皱了表皮的甜瓜享受了和岭南荔枝一样的殊荣，每年从遥远的西域穿戈壁，走河西，用骆驼和快马一站站传递，经过长途跋涉来到京城，成为贡瓜。圆滚滚的瓜怕磕怕碰，当年到底是怎么个运法呢？有记载说是驿骑们各执小兜，上罩黄袱，每人背个五六分熟的瓜一路奔驰，疾如飞鸟。等到了京城，那瓜也正好熟透了。

乾隆年间，哈密瓜已经成了内廷赏例。一到冬天，京城的达官显贵就有机会品尝到这种由宫廷赏赐的异果奇瓜。这瓜虽然看着糙，可吃起来比香瓜、西瓜甜了不知多少倍。吃完之后喝水，水都发苦。不留神流到手指间的瓜汁，能把几个手指头黏在一块儿，掰不开镊子。四九城的平民百姓虽未必见过尝过，可也都渐渐听说了哈密瓜的大名。不过，大多数人以为应该写成“哈蜜瓜”，他们觉得那瓜咬上一口，就是一嘴蜜。甚至传说那瓜是在将熟之时摘下来封进陶土罐，垫上草，再灌满了蜂蜜，浸了五十多天才从新疆大老远运到京城的，所以甜过蜂蜜。偶尔有那有心人得着十来颗瓜籽，找瓜把势精心培育出来，结果还真长出了拳头大的小瓜，只可惜切开一尝，怎么一点儿都不甜呢？

一方水土，养一方瓜果。因为有了哈密瓜，遥远的小城哈密在京城里闻名遐迩。又因为“哈密”与“蜂蜜”谐音，让那小城里的阳光充满了浓情蜜意。

现在的哈密，专门有座哈密瓜历史文化馆。推开沉重的大木门，迎面简朴的照壁上维、汉、英三种文字整齐排列，标明这里是“哈密瓜的发祥地”。不大的展馆里叙述着一个长达两千多年的故事，一段关于瓜的传奇：从鸟儿喜欢啄食的野瓜到当地人作为饭菜的甜瓜；从当年进贡给康熙的老式瓜“加格达”到现在口味各异的新品种甜瓜，在这里都能见到。却原来，哈密瓜的世界竟如此丰富多彩——有肉浅橙红、入口香脆的红心脆；有口感绵软、瓜肉往下掉的老汉瓜；叫“黑眉毛”的那种瓜上长着一缕缕墨绿的长条纹，看上去真像是眉毛，把它切开，中间的果肉是翡翠色的；当初康熙尝过的加格达其实个头不算大，皮厚味醇，啃起来满嘴咔嚓嚓带响……不管发绿、发白，还是金黄，那瓜皮都布满了细密的皱纹，像是维吾尔老汉的脸，铭刻着历史的痕迹。

有意思的是，直到今天，当地人也并不把甜瓜叫作哈密瓜。或许就像是兰州人从不把牛肉面叫作兰州拉面一样。在哈密，甜瓜从来不算什么稀罕之物。林则徐发配新疆的时候就曾写过一首小诗：“桑葚才肥杏又黄，甜瓜沙枣亦饭粮。村村绝少炊烟起，冷饼盈怀唤作馕。”拿甜瓜当饭菜的习惯现在当地也有。小孩子们啃上块水汪汪的甜瓜，就上块馕，人就饱了，黏糊糊的小手上只留下一片精薄的瓜皮。

葡　萄

玫瑰香、提子

从前的四合院里，常能见到葡萄架。清明前后，归置出一片地盘，翻松泥土，要来一截葡萄藤埋在土里浇上水，过上个把礼拜就能生根发芽了。眼见着葡萄藤上长出幼嫩的芽包，渐渐变得翠绿，滋出见棱见角的嫩叶和细嫩的卷须。

手巧的人会用木条和竹竿搭建起一间一人多高的葡萄架，简朴中透着雅气。把细嫩的翠蔓牵引绑缚到架子上，叶子越长越大，藤蔓越长越壮。夏天来临，就撑开了一座天然凉棚。

太阳落山了。人们在葡萄架旁支开了小桌，扇着蒲扇喝着茶。微风吹过，飘来阵阵暗香，清淡悠长，那是葡萄花散发出的，它们匍匐在藤架上的叶子下面，让人不易察觉。过些日子花谢了，泥土上落了一层绿茸茸的毛毯，藤叶间挂上了串串淡绿的“米粒子”，那就是葡萄。看到了它，人们也就看到了希望。月亮升起的时候，老奶奶会给小孙子讲起牛郎织女的故事，说是到了他们见面的时候，躲在葡萄架下可以听见他们的悄悄话……

葡萄的品种足有上千，按照一般的说法，葡萄属于张骞带回来的西域物产，所以一说起“葡萄美酒夜光杯”，很多人想到的是苍凉的大漠。实际上我们今天吃的葡萄并不都是汉朝时传进来的。就像北京人钟爱的玫瑰香，据说那是十九世纪从欧洲引种到山东烟台的，然后一步步传进京城。再比如近几年流行的洋水果提子，是美国二十世纪七十年代才培育出的葡萄新品种，刚进口的时候参照粤语的习惯叫成了提子。当然，叫了提子，价钱也就提起来了。好在它个大果脆，吃起来不用吐皮，让人觉得还算贵得有些道理。

北京人爱吃的玫瑰香，珠子并不大，但长得紧衬仔密，活脱一个个倒挂的小锥子。晒到太阳的那面是淡淡的紫红，看上去就像串串紫晶，晒不到的地方则是透亮的青绿。日子一天天闷热，葡萄渐渐成熟，从最底下开始一颗颗变紫变黑。等农历七月七牛郎和织女相会的时候，串串密密匝匝的珠粒已是紫里透黑，上面还蒙着一屋细细的白霜。

葡萄熟了。

摘葡萄的日子就是院子里的节日。葡萄高产。会拾掇的人一架葡萄能结出四五十斤。不但足够自家吃的，还会分给街坊邻居。洗净了葡萄在水桶里泡去暑热，镇得冰凉，酸酸甜甜嚼在嘴里，鼻子眼儿里会呼出玫瑰般奇妙的香气。那是幸福的气息。也就是在这个时候，孩子们明白了什么叫丰收。他们会举起一整串黑紫的葡萄，从最大最熟的那颗吃起，手里揪着，嘴里嚼着，还不时相互比赛似地叨唠着那句绕口令："吃葡萄不吐葡萄皮儿，不吃葡萄倒吐葡萄皮儿……"倘若他们不留神着凉咳嗽了，奶奶还会把这葡萄放在小瓷碗里和冰糖一起蒸了，那可是治疗咳嗽的偏方呀！

橄　榄

油橄榄、齐墩果、青果、青津果、大腹果

有不少水果属于同名异物，就比如橄榄。最初在超市里看见和花生油一起卖的橄榄油时，我就纳闷，那泡茶喝的青果子，怎么还能榨出这么透亮的油呢？却原来，中国人说的橄榄和外国人说的橄榄不是一码事。

用来榨油的橄榄原产于地中海沿岸和里海南岸一带，属于木樨科，确切地讲，应该叫“木樨榄”或“油橄榄”。油橄榄的果实不能算水果，而属于油料作物。很多语言里“油”这个词都是来源于希腊语对于它的称呼，就比如英语里的oil。大约在唐代，往返于丝绸之路上的波斯商人把油橄榄带进中国，最早被音译成阿列布。至于它的另一个名字齐墩果，则出自古波斯语。

油橄榄是古老的树。它对西方文化影响至深，那生着一长串披针形小叶子的橄榄枝简直就是西方文明的胎记。希腊神话里，智慧女神雅典娜把长矛戳在岩石上，为雅典城创造出了一棵结满果实的橄榄树。它能提供照亮黑夜的火苗，它能做出味道丰美的食物，它能消除伤者的痛苦，它能成为人类精力之源。《圣经》中，诺亚从方舟放飞的鸽子衔回的橄榄枝昭示着大地复苏，代表了不灭的希望。在古代，奥林匹克运动会的优胜者被授予橄榄枝头冠，身上涂抹橄榄油。而今天，联合国会徽的图案正是两根橄榄枝衬托的地球，象征着维护世界和平与安全。

据说现在的油橄榄有五百多种，广泛种植的不下百余。它们大多用来榨油，其中仅有二十多种可以直接吃。不过油橄榄果味苦涩，吃之前要用苏打水或是盐水浸泡。即使这样，大部分中国人仍吃不惯。至于橄榄油，由于沸点偏低，更适合于凉拌生菜，而不适用于中餐的煎炸烹炒。

中国人熟悉的橄榄是种水果，可以生吃，可以做成蜜饯，也可以盐腌。若是嫌它酸涩，用开水煮了加进冰糖和甘草浸上十来个钟头，再入口时就变得甘甜芬芳，咂摸起来满口生津，呼吸间都带着股清香气。或许因为这独特的滋味，有些地方把它叫“青果”或“青津果”。沏茶的时候泡上一两枚，茶水也变得回甘悠长，分外爽润。难怪陆游留下这样的诗句：“寒泉自换菖蒲水，活水闲煎橄榄茶。”

橄榄泡的茶在江南一带叫元宝茶，或许是两头小中间大的橄榄让人联想起元宝吧！这般模样让它还得了个昵称叫“大腹果”，听起来又成了“大福果”，感觉萌萌的。春节时招待客人奉上一杯用大福果泡的元宝茶，去腻消食，也透着喜庆。

橄榄里藏着一颗大果核，两头尖尖，木质坚硬，这可是微雕的好材料。手艺人充分利用其形状纹理巧妙布局，于方寸间精雕细琢，可以成就一件巧夺天工的艺术品。中学课本里有篇《核舟记》想必很多人背过：“通计一舟，为人五；为窗八；为箬篷，为楫，为炉，为壶，为手卷，为念珠各一；对联、题名并篆文，为字共三十有四；而计其长曾不盈寸……”明代学者魏学洢把一件微雕描绘得精巧至极。很多人到了台北故宫博物院，见识了那枚“东坡夜游赤壁”的深橘红色核舟后，都以为它就是课本里所写的那件珍品。其实不然。台北这枚核舟的作者是清代工匠陈祖章，而不是文中那位明代奇巧人王叔远。不过若论手艺之精湛细腻，恐怕眼前这枚核舟比《核舟记》里所说的那枚有过之而无不及。乾隆年间的这件作品中不仅门窗开阖自如，八个人物神情惟妙惟肖，而且在船底还用俊朗的楷体镌刻出三百余字的苏东坡《后赤壁赋》全文，堪称鬼斧神工。

一颗果核，悉心雕琢，也竟成了稀世珍宝。

柠　檬

不是所有的水果都可以直接吃，就比方说柠檬。

柠檬黄灿灿的，看上去耀眼，闻起清香，可要是掰开了咬上一口，保管酸得你灵魂出窍。

又酸又苦的柠檬，怎么能和鲜的樱桃或甜的水蜜桃比？于是，在美国俚语中，柠檬成了“残次品”的代名词，可以用来比喻状况不佳的二手车或问题百出的瑕疵车。一九七〇年，有位学者以此为题专门发表了一篇论文叫《柠檬市场：质量的不确定性和市场机制》，详尽分析了不对称信息论对市场运作的影响。这篇文章影响深远，不仅使“柠檬”成为经济学词汇中一个著名的比喻，还在美国催生了保护消费者权益的“柠檬法”。论文的作者也因为提出了“柠檬原理”而获得了二〇〇一年诺贝尔经济学奖，他就是当代主流经济学最杰出的代表人物之一乔治·阿克尔洛夫先生。现在，几乎所有的微观经济学课本里都可以看到这一经典原理的各种分析应用，让原本略显枯燥的教科书也仿佛洋溢着水果的芬芳。

不是所用水果都能享此殊荣，或许唯有柠檬吧？

据说柠檬起源于亚洲，有说是印度，有说是缅甸，也有说是在咱们中国。然而柠檬在中国的用量并不大，反倒是在遥远的欧洲备受青睐。当然，欧洲人也没有直接吃柠檬的能耐，他们是把柠檬榨出汁来作为烹饪用的调料，烤鱼、烤肉，滴上几滴柠檬汁，去腥提鲜，顿成美味。记得有一回陪一位画家去法国南部，特意驱车几个小时到尼斯海边吃生蚝。那吃法真有点像小说《我的叔叔于勒》里描写的，拿小刀撬开，用一方餐巾托着，淋上柠檬汁，头稍向前伸，然后嘴很快地微微一动，就把汁水嘬进去。那滋味咸鲜酸甘，妙不可言。

柠檬水成为流行饮料得益于十八世纪中叶英国医生詹姆士·林德的研究。他治疗过很多饱受坏血病折磨的远航水手，敏锐地发现服用柠檬水的疗效要远远超过其他药物。基于这一成果，英国海军规定水兵远航期间每天要饮用一定量的柠檬水。没过多久，坏血病就在海军中绝迹。从此，水兵和水手也得了个鲜亮的雅号——“柠檬人”。不过，那时候人们还不知道这一奇效来自于柠檬里所含的大量维生素C。

直到二十世纪初，匈牙利生理学家圣捷尔吉·阿尔伯特才从生物中分离出维生素C，进而证明了它就是坏血病的克星抗坏血酸。他也因此获得了一九三七年的诺贝尔生理学或医学奖。

切一片带皮的柠檬，浸在杯中的白水里。别用勺子挤压，那会把水搅浑。就那么慢慢地泡，慢慢地等，等上大半天工夫，柠檬皮肉间的酸苦消融在无味的清水中。水变得芳香，喝起来淡淡回甘。这多像是无味的生活，融进一片酸苦，等上很久很久，自然也就渗出些高雅悠长的味道。

醋　栗

红浆果、灯笼果、红加仑、黑加仑

朋友送来个生日蛋糕，上面摆着串艳红的果子——漂亮、精巧、滴溜儿圆，活脱脱一挂袖珍版的小红灯笼。禁不住色诱揪下两粒，放嘴里一抿，一股酸汁蹿进牙根儿里，尖酸微涩，竟被刺激得浑身骨头瞬间酥痒，激灵灵仿佛过电。

那么问题来了：这小家伙儿叫什么，尝上几颗就能酸得令人刻骨铭心？于是拍了照片发在万能的朋友圈求解。不一会儿，答案出来了：它叫红浆果，也叫灯笼果，还叫红加仑，比较正式的名称是红醋栗。名字挺生动，这酸透牙釉质的小红豆豆确实配得上个“醋”字。

红醋栗属于洋水果。欧洲人口味极端，要么浓甜，要么死酸，他们有本事一串一串直接入口品尝，或是加工成果汁、果酒一饮而尽。口味柔和的中国人往往“享受”不了那份刺激，所以尽管它很早就被引种进了黑龙江，但国内普及程度并不高，只是近几年才常用来装饰慕斯、布丁等西点，或是点缀在芝士冰激凌上，配着浓香的奶油入口，倒也提香解腻。

相对红醋栗而言，大小相似、颜色黑紫的黑醋栗味道比较柔和，似乎也更为人们所熟悉。很多人只叫它的小名黑加仑，很少有人知道它的学名是黑醋栗。早些年有种叫黑加仑的汽水颇受欢迎，紫红色，酸甜口，这些年少见了。近几年开始流行的洋酒，专门有种黑加仑香气的，酒汁黑紫深浓，果香柔润浓郁，透着高雅。至于现在有一种叫黑加仑的葡萄，则是借用其名，另当别论了。

其实对于“醋栗”这个词，很多上年纪的人并不陌生。早在二十世纪五六十年代非常流行的一本小说集就叫《醋栗集》，作者是大作家契诃夫。一八九八年，契诃夫写下了小说《醋栗》，说的是有个小职员梦想着在乡下给自己营建一个安乐窝，有田产，有仆人，有菜园，当然更少不了醋栗。他可以坐在阳台上喝茶，看水塘里的鸭子戏水，“而且……而且醋栗成熟了”。对他来说，醋栗就是幸福，就是诗情画意。他为此倾注心血，苦心经营，甚至忍饥挨饿，最终买了一块田庄，并立即动手栽下二十丛醋栗。看到头一回摘的果子，他默默地、泪汪汪地看着，足有一分钟激动得说不出话来。已经衰老的他就像小孩子终于得到了心爱的玩具。他津津有味地嚼着，不断重复道：“嘿，真好吃！”他甚至睡不着觉，半夜起来吃醋栗。可其实呢，契诃夫写道，那果子又硬又酸。

通常认为这篇作品旨在讽刺庸俗，可庸俗的小职员为什么如此痴迷于醋栗？却原来，醋栗是契诃夫和他的初恋情人米齐诺娃之间心照不宣的暗语。醋栗之于契诃夫，意味着一个不可言传的密语。他与米齐诺娃“一边走路一边做梦”的苦恋持续了九年，从欢呼“醋栗熟了”开始，到一句冰冷的“您的性格像一颗发酸了的醋栗”终结。

甭问，契诃夫的醋栗是红醋栗。爱情多像这种小果子——艳红诱人，尖酸微涩，欲罢不能，直教人刻骨铭心。对于这段情感，正像他引用的普希金的话：“对我们来说，使我们变得高尚的谎言较之无数真理更为珍贵。”为此，他怀着复杂的心情把自己关在庄园里完成了剧本《海鸥》，思考着关于爱情与世俗、精神与物质、理想与现实的冲突。为此他又在若干年后，把米齐诺娃的身姿隐匿于貌似简单的短篇小说《醋栗》里，貌似与爱情无关。

契诃夫是善良的，可谁又能品味出他笔下醋栗的真味呢？

草　莓

凤梨草莓、高丽果

“早期水果中，最先出现的是野草莓。众所周知，它是最好也最天然的水果。很长时期内，它成了人们每餐的必需，而且因为外观漂亮，也为餐桌增色不少。”大仲马在他的遗作《美食词典》里这么写道。可见，在这位法国作家心里，草莓的地位多么显赫。

欧洲人吃草莓的历史很长，据说早在古罗马时代就开始种植草莓了。到了十三世纪，卢浮宫的花园中栽培了上千株草莓供贵族们欣赏。明媚的阳光里，绿茸茸的毯子上缀着点点红莓，想必和油画一样美。古典油画中草莓也不少见，在十五世纪波提切利的巨幅油画《春》里，花神芙罗拉的装饰品上镶嵌着颗颗草莓，代表着热烈，也代表着诱惑。

不过，那种草莓的味道大仲马未必尝过。草莓作为大众水果在欧洲盛行是发现美洲大陆后一两百年的事。先是英国人带回了北美洲耐寒的弗吉尼亚草莓，再是法国人带回了南美洲果实大的智利草莓。谁承想这两种从没见过面的草莓竟在欧洲巧结姻缘，杂交出了一个新品种，果大、色深、抗寒，而且有着类似凤梨的奇妙香味。果实上排列整齐的细细籽粒让它像个漂亮的袖珍红凤梨，于是取名为凤梨草莓。

好味道是挡不住的诱惑，何况这种草莓还有着出众的品相——嫣红的色晕饱胀着鲜润的果实让人想起情窦初开的少女，清新浓绿的小叶子把人带进六月的大自然——那是草莓成熟的季节，是撩人心跳的初夏。

叫“草”的东西通常不太起眼，如草棘、草根、草民……但草莓不然，它生性魅力四射，是草的精灵。要是在一筐果子里随便撒上几颗草莓，那点点猩红肯定最撩人眼。

于是，这种草莓新贵迅速传遍欧洲，成为大众情人。奥匈帝国的御厨做出了著名的甜点草莓千层酥；伦敦市民的圣诞晚餐上有了草莓布丁；俄国大文豪托尔斯泰品尝着草莓在《我的忏悔》里写下了充满寓意的故事：一名挂在悬崖上的男子被两只老虎夹击，同时两只老鼠正在啃咬他紧握着的小树的根须。横竖都是死。绝望中，他突然看到了崖壁生长着一簇草莓。于是，他拽下那颗娇艳的果子塞进嘴里，自言自语道:“多甜啊！”托尔斯泰的草莓道出了生命的味道。

虽说李时珍在《本草纲目》里就记录了草莓性平、味甘酸，但中国人把它当作水果的历史并不长。凤梨草莓是一九一五年才从俄罗斯引种到黑龙江的，紧接着又从法国传到上海和保定。还有一条路线是从朝鲜引种到烟台、威海一带，直到现在，那里的老人仍然把草莓叫“高丽果”。不过上世纪初的几次引种并没有形成规模，在之后的几十年里，草莓在中国都不多见。

北京水果店里见到草莓大概是二十世纪八十年代。在一个不大的纸盒里整齐码上十几颗艳红的果子，上面盖着几片叶子，个头儿不大，但都挺实，活脱脱一颗颗鲜活的小心脏。人们以为那是一种稀世的佳果。可巧当时电影《苔丝》正在热映，其中有一个场景，亚历克少爷举着一颗艳红欲滴的草莓伸向苔丝的嘴唇挑逗她。苔丝瞬间犹豫，一双纯净的大眼睛胆怯地扫了他一眼，随即把草莓吞在嘴里，低下头若有所思地咀嚼起来……丰润性感的红唇和一抹血色的草莓融在一起，让观者不由得心迷神乱。英国作家哈代的草莓隐秘着暧昧和欲望的味道，也让这果子平添了几分来自异域的神秘感。

这几年，有赖于塑料大棚技术，草莓越来越多，个头越来越大。至于味道，让人想起波兰作家伊瓦什凯维奇的《草莓》里的一句话：“我以为一切都没有变，其实只不过是一种幻觉！”

蓝　莓

越橘、星星果、高丛蓝莓、兔眼蓝莓

王家卫拍过一部英文电影，叫《蓝莓之夜》，算是比较小众的文艺片。影片讲了一个爱吃蓝莓派的女孩子的情感旅程，浪漫中带着忧郁，还有那么点儿朦胧的诱惑感。作为线索的蓝莓派贯穿始终，让观众似乎随时感受到精致多变的蓝莓味。这个电影的题目选得真好！为什么不是《甜橙之夜》或是《柠檬之夜》呢？恐怕唯有那种紫蓝色的小浆果才能精确反映出电影的意境——隐喻，细腻，神秘，没有震撼，只有回味。

娇小的蓝莓看着俏皮，闻着清香，紫蓝的珠粒外挂着一层白腻的果霜，像是有意掩饰着其中的小秘密。细品慢尝，味道酸甜交融，香气柔和丰富。像青苹果？像绿葡萄？像丁香？像香叶？内里还隐含着薄荷的清凉气，让人欲罢不能。香气是水果的风韵，让芒果是芒果，蓝莓是蓝莓。如此复杂的香气竟然包含在如此娇小的一粒浆果里，还真有点儿王家卫电影台词的风格——干净，但极具韵味儿。

和所有果子一样，蓝莓原本也是野果子，而且属于特不起眼的那种，看上去简直跟杂草没什么区别。所以尽管它也在地球上生长了上万年，却一直没流传开，就那么静静地长在荒郊野外，长在原始的北美大陆，长在俄罗斯的沼泽，也长在我国东北长白山的丛林里。偶尔有当地人尝上几颗，也都是当作路边的野果吃着玩儿吧！据说李时珍途经鞑靼的时候吃过野蓝莓，还记录下了“此物润目，多食无妨……”只是那时候不叫蓝莓，叫“越橘”。

十七世纪初，大批欧洲移民来到新大陆拓荒。一把野火烧过去，他们发现最先重生的那种灌木上结出了蓝珍珠似的小果子，那就是野蓝莓。当地的印第安人叫它“星星果”，因为这些果子的花萼处就像天上的星星。在印第安人眼里，这紫蓝色的浆果充满着神秘的魔力，吃了它之后不仅头脑清醒，精力充沛，而且即便在昏暗的暮色里也能看清远方的猎物。于是，拓荒者们学着印第安人的样子开始吃起蓝莓来。后来索性把野生矮丛蓝莓从杂草丛里分离出来，这样再采摘就方便多了。采来就能吃，不用削皮，不用切，也不必吐籽——多可人的小果子呀！这样一采就是三百多年。

人工培育蓝莓其实很晚，直到二十世纪初才开始。之后才选育出了淡蓝色的高丛蓝莓，和味道偏淡的兔眼蓝莓。作为水果的蓝莓历史虽短，却在不到一百年里展示出魔幻般的魅力。在著名的不列颠之战中，英国的战机数量不及纳粹德国的一半，然而却赢得了最终胜利。其中一个秘密武器就是皇家空军的飞行员们每天必须吃足了蓝莓才能升空。吃了蓝莓，目光如炬，总能抢在敌人前一刻开火。

蓝莓不光可以吃鲜果，还能榨成汁，熬成酱，这下就方便储藏和运输了。所以国内大部分人首先吃到的不是清淡芳香的蓝莓果，而是加了不少糖的蓝莓酱。以至于餐厅里专门发明出一道中西合璧的凉菜“蓝莓山药”，倒是很招小朋友们喜欢。其实蓝莓不用熬成酱就可以做菜做甜点。别看它娇小，却有一个独特的好处，就是烘烤之后外形依然紧致饱满而不失完美。所以在西餐里，人们喜欢把它整粒整粒码放在加了奶酪的面点上烤着吃，于是有了《蓝莓之夜》里女主人公伊丽莎白无论在哪个城市的餐馆里都要寻找的那块蓝莓派。

其实，她寻找的不是蓝莓派，而是藏在自己夜幕下的情感。蓝莓和情感似乎有着天然的联系，都让人记起某种绵长的小调调。

牛油果

鳄梨、酪梨、牛油梨

大凡水果，无论酸甜鲜涩，大都口清，哪有油腻腻的？可世界之大无奇不有，偏偏就有这么一种果子，吃上一口浓腻肥润赛过牛油，这就是现在非常时髦的牛油果。

牛油果看上去挺不起眼，鸭蛋大小，绿蒿蒿的表皮疙疙瘩瘩，或浅，或深，或发棕。据说这果子来自中南美洲，自然让人想起亚马逊河里浮游着的鳄鱼。还甭说，它原本有个名字就叫“鳄梨”，听起来凶巴巴的，倒是蛮形象。别看鳄梨长得像梨，其实和梨毫无关系，就如同鳄鱼并不是鱼。

生的牛油果硬邦邦的根本没法嚼，熟透之后就像皮里包着一块肥油，嚼起来赛过奶酪。所以在我国台湾，它又被叫作“酪梨”。

鳄梨形容的是外表，酪梨强调的是内质，虽只一字之差，却能看出中国人和外国人关注点不同。北京人喜欢叫它牛油果，更直接，更实在。这倒好，一些时尚素食主义者索性把它当成了肉的替代品，还不用担心发胖。不过要是时间放长了，果肉就会腐烂如泥，难以下咽。凡事有度，太成熟了未必就好。

准确把握牛油果的成熟程度不是一件容易的事，在日本作家村上春树眼里：“世界上最大的难题之一，恐怕就是预测鳄梨的成熟时间了。”

很多人喜欢村上春树的文风，平简、清丽，看似没什么，仔细琢磨却情意深厚、回味悠远，还隐约藏着点儿卖萌的意思。这种感觉正像是嚼一块刚好熟透的鳄梨，初尝起来不甜不酸，像是没什么滋味，但越咂摸越觉得细润厚实，跟嘴里含着块黄油似的。或许这正是村上春树所追求的风格。所以他才觉得夏威夷考艾岛北滩那个卖鳄梨的胖老太太具有特殊才能，把她写进了《难挑的鳄梨》。也正是因为这个故事，我一直不大敢买牛油果。最近听说有个朋友吃牛油果上了瘾，心里只有羡慕。

在牛油果的原产地，人们通常并不直接生吃，而是切掉果帽，挖出果核，倒进蜂蜜拌着吃，其甜浓香滑可想而知。或是把果肉抠出来碾碎，撒上咸盐抹面包，这是照搬了黄油的用法。要是去核切片当作奶酪，和鸡肉、西红柿一起夹在面包里，那味道自然好极了。甚至可以把果片下进热腾腾的鸡肉玉米汤里，等到它微微融化浸足了汤汁，嚼起来滑腻肥润，有滋有味，太享受了。奇怪的是，在美洲搭配牛油果的西红柿和玉米很早就走上了北京人的餐桌，但在北京超市里能买到牛油果只是近几年的事。倒是在一些高档西餐厅里牛油果酱出现更早一些，作为蘸炸土豆片的酱料，或是和洋葱末、辣椒末一起夹在墨西哥薄饼里。这种吃法据说来自美洲的阿兹特克人。

受西餐影响，现在很流行把牛油果切成小块和西红柿一起拌成沙拉。撒上胡椒、盐，滴上柠檬汁、橄榄油，就这么简约，却丝滑顺口。也可以拌上黄瓜、洋葱，再浇上姜汁沙拉酱。这是村上春树家的传统菜肴，他曾经乐此不疲，有一阵子每天都要享用。

《难挑的鳄梨》最后写了一部因为停电而不知结尾的悬疑电影《神秘河》，勾得村上心痒难耐。这个结尾如神来之笔。大多数人的生活不就像挑鳄梨尝鳄梨吗？貌似简单乏味，细品之后，小感动小遗憾里也藏着充满悬念的神秘河，貌似没什么意义，却很有些意思，让人满怀眷恋。

火龙果

仙蜜果、芝麻果、麒麟果

粉红配鲜绿，透着喜庆，要是能长在一颗圆滚滚的大果子上，那该多养眼！

偏就有这样的果子，拳头大小，红袄绿袖，活脱一条肥实的大红金鱼，鳍上挂着青嫩的水草。当然，也有人觉得它像一条长着绿色鳞甲的小火龙，看上去萌萌的。就这么着，它被叫成了“火龙果”。其实这果子有好些名字：“仙蜜果”强调它属于仙人掌科，“芝麻果”是说它的果肉里长满了黑芝麻似的种子……

就是因为这果子耀眼，三百多年前，荷兰人的舰队把它从遥远的中美洲带进台湾，从此，热带雨林的特产传进了中国。不过当初不请自到的不速之客们并没有为台湾引种水果的善意，而仅仅是把它种植在自己的房前屋后用以观赏。碧海蓝天间，充满热带风情的浓绿棱柱攀附在岩石上，像一根根可以丈量天地的大尺子，人们就把它叫成了量天尺。夕阳西下，量天尺上绽放出硕大的白花，幽香阵阵，芬芳明丽。直到现在，台湾的一些地方还把它叫作番花。这玩意儿好活，也不知什么时候传进了大陆，传到了北方。

北方人看到它长着稀疏毛刺的三棱形枝干，索性叫它三棱箭。不过离开了属于热带的土壤和气候，很少再见它开花，更看不见它结果。于是它再也不能在旷野上量天，而是被切成一段一段的，憋屈地长在花盆里，成了嫁接蟹爪兰的砧木，呆呆地支撑着一簇簇粉艳的小喇叭花，给冬天闷在屋里的人们添点儿彩。

大概过了一百多年，法国殖民者把它捎进了越南。湿热的越南丛林太像中美洲的热带雨林，日久天长，果子里包裹的黑芝麻粒儿像长了腿的蚂蚁不胫而走，在越南的土地上蔓延开来，几乎演化成了野生植物。但此时当地人还无法理解这玩意儿能结出可以享用的大果子。

越南战争期间，美军的飞机大量喷洒落草剂，植被和农作物大片大片死亡，只有量天尺顽强地活着，直挺如青龙，果红似火球。找不到粮食的人们惊喜地发现，扒开那层漂亮果皮，里面嵌满黑芝麻的灰白色果瓤不仅能充饥，而且滑爽清甜，味道还不错。于是当地农人开始刻意培育，火龙果逐渐变成了越南的特产水果大量出口。

与其浓艳热烈的外表相比，火龙果长满黑芝麻粒的白瓤就略显寡淡，也闻不见什么香味儿，所以很长时间在大陆并没有流行起来。直到近十来年人们追求低脂低糖，火龙果才一下子身价倍增。

北方人最初看见这果子，都纳闷它是什么树上长的，直到看见它挂在不很粗的绿色支柱上的真容，才惊奇地发现，那不就是自己家花盆里蟹爪兰底下那节不起眼的三棱箭吗？简直不可想象，被憋屈的砧木原本可以结出这么耀眼的果子！

很多我们身边不起眼的东西，其实很有来历。就比如火龙果，除了常见的灰白瓤外，还有一种果皮玫瑰红、果肉深紫色的品种，吃起来甘甜细腻，闻起来清香内敛。这个品种已经从台湾引种到海南，又从海南引种到贵州，现在几乎成了贵州某些地方脱贫致富的法宝。另有一种黄色外皮的火龙果，可谓火龙果中的贵族，它来自原产地中美洲的哥伦比亚，味道和价格都不是一般的好。当然，它也有个金灿灿的名字——麒麟果。

甜　橙

橙子、甜橙汁

水果从野生采集到人工栽培，遴选标准除了好吃以外一般还有两个：一是好闻，一是好看。好闻自不必说，鼻子和嘴本来就是通着的。至于好看，吃水果毕竟不只是为了充饥，那自然就需要有点儿审美情调。所以，水果店里的水果大多色彩绚丽，其中最养眼的恐怕就数橙子了。您别看那么多水果都挺漂亮，但真正可以独领风骚、用以命名一种颜色的只有橙子。赤橙黄绿青蓝紫，其中唯有“橙”本身就是一种水果。

橙，是世上最温暖的颜色，让人看了心里敞亮。橙色的感觉是华贵、健康、芳香、甜美，就连餐厅装饰也大多喜欢用橙色，因为它引人食欲。再加上橙子所独有的浓烈芳香，让它成为柑橘类水果里消费量最大的品种。仅甜橙就占全世界每年吃掉柑橘类水果的一多半，这还不算酸橙、血橙。早餐之后喝上杯甜橙汁，已然成了很多现代人的饮食习惯。

说到甜橙汁，很多人就会想起巴西，目前全世界百分之八十的浓缩橙汁来自那里。甜橙在巴西不仅是水果、饮品，还深深渗入了当地的文化。巴西有一部家喻户晓的小说叫《我亲爱的甜橙树》，讲述一个敏感早熟的小男生泽泽巧遇了一棵“会说话的甜橙树”。甜橙树给了他幻想中的温暖与爱。之后，他又久别重逢般遇到了一位葡萄牙卡车司机老葡，老葡让他发现原来现实生活中也可以感受到橙色的暖意。可谁知造化弄人，先是甜橙树被砍掉，紧接着老葡车祸遇难。当支撑整个童年世界的大树倒下之后，小男孩猛然长大了。只可惜这种长大永不可逆。据说作家若泽·毛罗·德瓦斯康塞洛斯写作这部小说仅用了十二天，却让全世界数亿读者黯然泪下。这部作品积淀深厚，作者构思了整整四十二年，就是想让人明白要温柔地去爱才会结出温暖的果实，永远不要放弃那棵种在心底的甜橙树。

除了南美的巴西，北美的甜橙也很出名，比如现在很多超市里卖的新奇士橙，个头儿整齐，明亮耀眼，芬芳浓甜。看来美洲大陆的确是橙子的天堂。不过这其实只是近百年的事。百十年前，美洲的甜橙还只是重大节日才能享用的珍奇水果，而橙子出现在美洲的历史，总共也不过五百年。美洲的橙子从哪来的？追根溯源的话，是咱们中国。

橙子，原本是地道的中国货。它的父母就是原产于长江中下游的橘和柚。有考古证据显示，早在四千五百年前，江南一带就开始种植橙子。橘和柚在《楚辞》里经常出现，比如“杂橘柚以为囿兮，列新夷与椒桢”。可见战国时代橘和柚已经栽培在贵族的果园里了，但《楚辞》里并没有提到橙子。或许那个时候人们觉得它的味道不如橘子甜，皮也没有橘子那么容易剥，个头儿又没有柚子大吧？

橙子大量出现在诗词里已是唐宋。像李白写过“青橙拂户牖，白水流园池”。曾巩有一首诗索性以“橙子”为题，诗里写道：“家林香橙有两树，根缠铁钮凌坡陀。鲜明百数见秋实，错缀众叶倾霜柯。”

在此之后四五百年，橙子才由葡萄牙人带到了欧洲。秋天时，地中海沿岸也见到了温暖明亮的橙色。一四九三年，哥伦布的船队第二次到达新大陆，于是美洲有了橙子。又过了将近五百年，美洲成了橙子的乐土，那明快的情调一如亚马逊河醉人的晚霞。

五百年后谁著史？我想，那时的人们依然喜欢吃橙子吧，橙色的光彩也依然温暖着人心。

圣女果

番茄、西红柿、爱情果、狼桃、洋柿子

菜市场上出现圣女果，也没几年。一个个酷似通红的大樱桃，看着就招眼。起先人们不知道这是什么新玩意儿，买回家一尝，嗨！不就是小西红柿嘛！圣女果漂漂亮亮的，通常不当菜吃，而是洗干净了当作水果。最近又出现了黄的、绿的、紫黑的……简直一个圣女果家族。忽然有人琢磨，西红柿变得这么丢点儿，是不是什么转基因呀？好在专家出来辟谣了：不会，这才是番茄最初的样子。

原始番茄生长在南美洲西岸的荒漠上。传说英国公爵俄罗达拉里觉得它象征着爱情，如获至宝捧回去献给了他的情人伊丽莎白一世。于是欧洲人最初把它叫爱情果。标志爱情的果子想必是水灵红艳、小巧可人的，倘若是今天炒菜用的那种比拳头还大的西红柿，怎么让人想起爱情呢？或许正是因为段经历，袖珍番茄才被叫作圣女果吧？

刚传到欧洲的番茄中看不中吃，因为它有一股浓烈的怪味儿。什么味儿？就是用手搓西红柿秧子的味儿。这种怪味儿让人想起性欲，猜想它有催情的功效，所以传教士们一度禁食番茄。又因为它长得很像有毒的颠茄，有人怀疑它的毒性也不小，所以又叫它狼桃。

至于谁是第一个吃番茄的欧洲人，其实很难考据。有说是一个失恋的女孩子想吞食番茄自尽，结果越吃越好看。有说是一个画家在画番茄的时候挡不住诱惑亲自尝了一个，之后视为美味。还有说是在十九世纪初的美国，新泽西州的约翰逊先生宣布要把种在家门口的番茄吃了，结果招来成千上万人围观……总之，历经周折之后人们开始吃番茄了。也许转变的不只是人的观念，还有经过多年选育之后番茄自身的味道。其实，三十年前的西红柿就和今天的不一个味儿。

对于美味，意大利人总是充满了创作激情。他们开始把番茄切开了放在比萨上，于是有了番茄比萨、番茄汤、番茄沙拉、番茄酱……番茄也培育得越来越大，越来越甜，越来越像道菜。酸酸甜甜的番茄很快风靡欧美，就连狄更斯的小说《匹克威克外传》里，主人公都蘸着番茄酱汁吃猪排了。

番茄究竟是菜，还是水果？就为这甚至还打过一场有名的官司。根据一八八三年美国的《关税法》，进口蔬菜要缴税百分之十，而水果免税。当时几个做番茄生意的商人力争番茄属于水果。官司打了好几年，一直打到联邦最高法院。大法官做出终审裁决：在植物学中，番茄被视为是“攀缘植物的果实”，但是由于它并不是当作饭后甜点而是作为主菜食用，因此应当将其视为蔬菜。那一天是一八九三年五月十日。美国从此对所有番茄按蔬菜征税，这可是一笔不小的收益。

番茄传入中国应该不止一次。外来物产的命名有个规律：凡以“胡”字开头的是汉代以前从西域进的，凡以“海”字开头的是南北朝从海上来的，而以“番”字开头的大多是南宋到明代走的“番舶”，而叫“洋”的则是清代以后跨洋引进的。番茄在明代就到了中国，那时候的番茄肯定也是摆着看的圣女果。到了清代，当菜用的大西红柿又传进来一回，人们觉得它跟通红的灯笼柿子差不多，所以又它叫“洋柿子”。

民国初年，北京东安市场的西餐厅里就有了西红柿，但一般老百姓吃不惯。直到三年困难时期，人都饿得眼发绿，菜市场忽然来了一车西红柿，结果被一抢而空，人们才觉得这洋柿子敢情那么好吃呀！它不光能入乡随俗炒鸡蛋吃，还能当水果生着吃。后来，东北军垦回来的知青们从哈尔滨学会了西红柿拌白糖，就着啤酒一喝，爽！洋柿子一下子接了地气，以至于人们渐渐忘了它最初樱桃般乖巧的模样。

腰　果

腰果苹果、腰果梨、鸡腰果

若不是因为写这篇《腰果》，我做梦也想不到自己和莫桑比克能有什么联系。那地方实在太遥远了，远在非洲的东南角，和马达加斯加岛隔海相望。“据说那地方是一片梦游之地。因为当人们入睡之时，它便向远方移动，穿越时间与空间。”莫桑比克作家米亚·科托把这句话写进他的代表小说《梦游之地》。此话当真，当莫桑比克人入睡的时候，那片大地的精华早已凝聚成一颗果子穿越时间与空间跳上您的手心，蹦进您嘴里——它就是腰果。说不定您嘴里的那颗香酥的腰果正是来自莫桑比克，那里号称世界腰果之乡。

五百年前，葡萄牙船队为打通从欧洲前往东印度的航路来到莫桑比克，那些船必是光临过南美洲，船舱里还剩了几颗亚马逊河边采摘来的腰果苹果。这果子酸甜里透着微涩，在船舱里捂了一路烂透了没法再吃，葡萄牙人索性把剩下那些果核种在了当地。就这么着，南美洲的腰果漂泊到了非洲。谁承想，当地炎热潮湿的气候太适合这种果子了，连贪吃的猴子也不自觉地成了播种者。过了两百来年，莫桑比克大地上长满了十几米高的腰果树，葱茏油绿，如伞如蓬。

腰果树一年开三次花——米黄色的小花，结三次果——橙红或明黄的水果。乖巧的果子拳头大小，活脱一颗颗挂在树上的花蘑菇，或像颗倒着长的酥梨。所以有人也叫它腰果梨。腰果梨水头大，能解渴，它才是当地人眼里值得吃的果实，甚至还能酿出销魂的烈酒。至于我们当成高级干果的那种小腰子似的果仁，是长在腰果梨底下一个硬壳里的，蚕豆大小，猛看还以为是从梨肚子里挤出来的呢。当地人并不把它当成稀罕物，通常是吃过水果之后顺手扔了。您是问为什么不嗑开来吃吗？一来是那果壳太硬，用牙根本嗑不开。更重要的是那果壳含的油脂有毒，类似于漆树之毒，一旦沾上，奇痒无比甚至会引起休克。腰果是不能像栗子那样嗑着吃的，这也就是为什么很少有人见过带壳腰果的原因。

又过了两百年，处理腰果壳的机械诞生了，取果仁的工作变得方便了。腰果壳油也成了宝贝，用它能生产出优质橡胶，或作为海底电缆的绝缘材料。至于去了壳的腰果仁，当然是加上盐或糖烤香了吃。莫桑比克的腰果产量一举超过南美，成为最大的腰果产地，带着那片梦游之地的希望传遍全球。

腰果的长相实在抢眼，加上油脂大，口感好，一下就风靡世界。爱吃甜品的欧洲人做出了腰果巧克力，美国有了腰果冰激凌，印度人不仅琢磨出腰果咖喱甚至把腰果树也种在了印度，还传到了东南亚。咱们中国就更不能辜负这么高端的果仁，于是配上金贵的虾仁，发明出一道名菜——腰果虾仁。

说到中国的腰果，其实从二十世纪四十年代初就引种到海南了，五十年代还作为油料作物重点扶植过。在海南，腰果也被叫作鸡腰果，当地人觉得带壳的腰果看上去就是一颗煮熟了的鸡腰子。当然，它可不能煮了吃。七十年代末，海南的腰果种植曾经到达二十多万亩的鼎盛时期。恐怕那个时候吃过腰果的北方人还不多。只可惜后来有说是管理的原因，有说是因为一场大台风，海南的腰果产业日渐式微。到了大部分人都能拎着整桶烤得喷香的腰果走亲戚看朋友的今天，海南的腰果产业已经缩水到仅剩两千来亩，偶尔田间地头还能看见一两棵残存的腰果树，村里的年轻人甚至都不认识。而各地超市里那些和大杏仁、大榛子、开心果一起装在透明塑料桶里的洋腰果，要么来自莫桑比克，要么来自东南亚。

看来，漂泊的果儿也并非四海为家。归宿，是要看缘分的。

开心果

阿月浑子、绿扁桃、胡榛子、无名子、必思达

开心果会让您想起什么？是一位能给大家解闷消愁的朋友？还是一枚咧着嘴的硬壳小坚果？您会想到“阿月浑子”吗？恐怕不会。其实这个挺洋气的词才是开心果的大名。

生活中被称作“开心果”的人大都单纯、快乐，可手里这枚开心果的身世却复杂得难以想象。它为什么叫阿月浑子？人们什么时候开始把它当果子吃？它是怎么传到中国的？它到底什么模样？关于这些问题人们一直争论不休。它透着神秘的气息，就像生活在中亚的一位蒙着面纱的女子。

一般认为，开心果原产于中亚和西亚，在伊朗和土耳其的半沙漠性山地现在还能见到大片野生的开心果树。土耳其考古学家证实早在公元前七千年当地人就吃这种果子充饥了。到了公元前五世纪，古波斯已经懂得把它晒干了当作粮食，强化军队给养。它的功劳甚至胜过粮食——翠绿的果仁含有叶绿素，紫红的果衣含有花青素。现代人一定明白它对生活在半沙漠地区的人有多珍贵！尽管当时波斯人不知道叶绿素、花青素，但他们知道吃了它能充满活力，所以视之为仙果。很早以前，西亚的安息国就开始种植开心果树了，亚

历山大大帝也是也仰仗了这种小果子称雄世界的。

基督时代，开心果被引种到地中海地区，只是不叫开心果，而是叫绿扁桃。那时的叙利亚和巴勒斯坦就以出产绿扁桃闻名。到了唐代，开心果沿丝绸之路传进西域，那时候它也不叫开心果，而是音译成了阿月浑子。所以唐代的《本草拾遗》上说:“阿月浑子生西国诸番……”

阿月浑子，多美的名字！浪漫、神秘，充满了波斯气息。或许只有唐朝人才能想出来吧！此后，历代医书里时常出现“阿月浑子”这个名字。《本草纲目》里说它就是胡榛子、无名子，不过没有提到开心果。甚至现在的《中国植物志》里，还是只有阿月浑子，而找不到开心果。

尽管从唐代开始人们就知道阿月浑子，但尝过它滋味的人很少，见过鲜果的就更少。或许偶尔有那么几颗辗转传到内地，以至于被人们视为妙药吧？吃稀罕的灵丹当然不只为寻开心，那必是能治大老爷们最怕的肾虚。那时候也许很难想象有一天吃阿月浑子会像吃花生一样寻常。

很长一段时间人们说不清阿月浑子究竟是什么，因为唐代传到西域的阿月浑子树早就消失在不知何年何月的风沙里。今天在新疆喀什栽种的开心果树是二十世纪二十年代初才从乌兹别克斯坦引进的实生后代，到了新中国成立的时候大约还残存有三十多棵。而且当地人并不叫它阿月浑子，而是叫必思达，这是后来波斯语和维吾尔语的译音。

阿月浑子的意思到底是什么？历来说法不一。有人说它保留了古波斯语里表示紫色的读音。现在的波斯语都不这么用了，只能在库尔德语找到蛛丝马迹。也有人说阿月浑子本来是一种紫色的开心果，而黄绿色的开心果应该叫必思达。确实，长在树上熟透的开心果就像成串的紫红色葡萄，而我们手里的那枚米色硬壳、绿仁紫衣的坚果，是那层紫果肉干瘪脱落之后的果核。咔吧一声自然崩裂，也就成了开心果。

现代人提起开心果一般想不到唐朝，也想不起波斯。人觉得开心果就是近二十来年才流行的休闲洋零食。由于种种原因，我们超市里卖的开心果大多并不来自它最大的种植地伊朗，而是来自北美或澳洲。那些地方的开心果是十九世纪初才从伊朗引种的，但现在已经成为开心果的主要出口地。

岁月流逝，很多事已然说不清，其实说清了又如何，留些神秘不是挺好吗？

果生大地南

榴　莲

金枕头、流连、榴梿

水果大多小清新，但果王却是重口味。

果王之味囊括了水果味、蜂蜜味、奶酪味、洋葱味、酒糟味、大蒜味、金属味、橡胶味、煤烟味，乃至臭鼬味、猫屎味、松节油味等世间百味。各种气味混合交融，就形成了一种独特的味道——榴莲味。说它是什么都可以，可说它是什么又都不太对。据说这种独家口味是为了吸引老虎、野猪、大象等大型森林动物，谁承想上钩的最多还是重口味的人类。榴莲口味之重，让爱者癖之如命，让厌者退避三舍。

榴莲实在是有个性。据说在原产地马来半岛，榴莲是不可以从树上摘的，只能等它将熟之时自然落地，否则不仅熟不透，还会损伤果树。有意思的是，榴莲坠落只在深夜，所以并没有听说谁被落下的榴莲砸扁了脑袋，于是当地人传说榴莲长着眼睛。这种落地榴莲也就能放上两三天，日子长了烂熟难咽。后来传到泰国才逐渐演化，变得可以采摘储藏。现在国内市场上常见的榴莲大多是来自泰国的金枕头，六七斤重，果肉金黄，口感浓甜，气味不算太怪。其实榴莲品种上百，有的不到两斤重，有的发苦，有的带着酒气。

不管是哪种榴莲，长相全都尖锐刚烈，一身支棱八翘的四棱锥，棱角分明，让人联想起《水浒传》里霹雳火秦明舞动的狼牙棒，怎么却得了个听起来很有诗意的名字“榴莲”？让人想起流连忘返、意犹未尽、依依不舍。或许因为一旦爱上它独特的味道就馋得放不下？或许是当年三宝太监的船队里就有人冒死尝了这怪果子，之后不舍其味而留在了南洋落地生根，成为现在东南亚华人的祖先？或许仅仅是马来语“带刺的东西”的音译？怎么说的都有。

尽管榴莲“臭”名昭著，以致很多地方禁止把它捧进酒店，抱上飞机，但这丝毫不影响它拥有千百万痴狂的粉丝。他们会用鼻子紧贴在榴莲的果柄处嗅呀嗅，专选那气味冲的。他们也会勾起手指轻轻敲打带刺的硬壳，听着回音辨别榴莲的成熟度，专挑九成熟的，其味最浓。他们当然不仅是为了闻它浓重的气息，更是贪恋着坚硬果壳里那一包十几块乳黄的鲜肉——滑如冰激凌，肥细赛油脂，甜腻黏浓，浓得化不开。于是选中之后赶紧取出小刀，对准榴莲的尖蒂会合处慢慢插进去，猛力一拧，只听“咔吧”一声响，坚硬的大果壳顺着四五条纹缝自然裂开了，露出柔软的心。

享用榴莲当然可以取出嫩肉放在盘子里一勺一勺扤了慢品，但真正的吃主儿没那么斯文。真正的吃主儿端着半个榴莲在露天饮料摊前坐下，就那么直接下手抓出躺在壳槽里的软肉大嚼狂吞，自觉酥香无比。肚子微胀之后，还得嘬嘬捏过榴莲肉的几个手指头，闭上眼睛，静享至味，才算过足了瘾。却原来，外表尖利刚强、内心细致绵滑才是榴莲的真意。据说榴莲原本就是写成“流连”的，后来才演化成榴莲或是榴梿。

享受过榴莲风味之后，喝上瓶冰镇可乐，打两个百味俱全的嗝儿，爽透了！再用剩下的果壳盛上清水洗洗手指，指端的异味也就烟消云散，不知去向了。只留下浓重的想念，期待下回，像期待一场百味杂陈的恋爱。

吃榴莲，是一种瘾，曾引得郁达夫为它写下直露的大实话“真是又臭又香又好吃”。爱榴莲，是一种态度，品味自己的喜好，让别人说去吧！而榴莲就是榴莲，只为深爱自己的人而生长。

山　竹

莽吉柿

在北方的水果市场上见着山竹也就十来年光景。棒球大小，紫黑溜圆，短粗的果蒂镶嵌着四片肥实的圆叶子，活像个带把儿的小绿盖儿。总觉得它更像是个高庄柿子，怎么也和竹子联系不起来。果不其然，偶然查到它原本就叫莽吉柿。卖水果的说，在泰国山竹是“果中王后”。吃过了霸气的“果王”榴莲，要配上两三颗山竹清清口。一个是燥热浓腻的重口味，一个是寒凉滑润的小清新，倒也显得挺般配。看来水果也讲究配对儿。

头一次吃山竹要是没人指点还真备不住露怯。那层紫黑的果壳儿看着油亮潮润，可要是真咬上一口，粗糙苦涩不说，还能染上一嘴紫汤，洗都洗不掉。敢情这厚硬的果壳根本不能吃，能吃的藏在它里面。用指甲在果壳中间横着使劲一划，沿裂缝掰开，里面包着一簇白嫩的蒜瓣，团结紧密，有大有小，那才是美妙的山竹肉。有意思的是，不用掰开就能断定里面的果肉是几瓣。您仔细看，果壳头上不是长着个木雕一般的小花托吗？花托几瓣，里面的果肉就有几瓣，绝不会错。大瓣里有褐色的核，小瓣里全是肉。要是那蒜瓣颜色雪白，就还没完全熟，吃起来甜酸清淡。如果那蒜瓣晶莹透亮，就是熟透了，润细幽甜至极，带着花香、果香。

泰国多水果，能在泰国的水果里陪伴王驾，口味上必有独到之处。不过，我倒觉得还是写了《霸王别姬》的李碧华比喻得更具灵气："榴连果王，因它外形霸道，味道又浓。山竹是东宫，它端庄、娇小、纯洁，有内在美。红毛丹是西宫，比较妖冶、艳丽，果肉黏着核，夹缠不清。"读来生动无限，让人顿然穿越回古代，想象出许多凄艳故事。

若论经历，山竹里藏着的故事可比那"东宫""西宫"更波澜壮阔。它的原产地不在泰国，而是太平洋深处的摩鹿加群岛，就藏在今天印度尼西亚东面大海上那一片错综复杂的岛屿间。那里终年高温多雨，火山灰形成的土壤富含养分。优质的环境、丰厚的土壤不仅滋养出了美味的山竹，更培植出了曾经让整个欧洲神魂颠倒的香料。胡椒、丁香、豆蔻……这些中国人眼里的寻常调料，在五六百年前的欧洲比金子还珍贵。他们从阿拉伯人和印度人嘴里知道了有一片神秘的香料圣地隐匿在大海深处，于是组建船队前仆后继奔向太平洋。大航海时代开始了。

大航海的目的原本不是科学考察，而是为了找到香料之岛。达·伽玛为了找它开辟了印度航线，但没能登上香料群岛；哥伦布为了找它西航撞上了新大陆，却没能到达太平洋。直到一五〇九年，葡萄牙的商船才侥幸乘着强劲的西南风第一次到达了这里，迎接他们的正是抬头望不见顶的山竹树。

海上香料之路的开辟让香料群岛喧嚣了几百年。葡萄牙人、西班牙人、荷兰人、英国人在这里你争我夺，以至于激发塞万提斯写出了小说《摩鹿加公主》。欧洲人带回了梦寐以求的香料，也把山竹带进了英格兰的温室。只可惜作为水果的山竹在欧洲并没有流行开来。或许这果子过于内敛、清淡，不适合欧洲人极端的口味？或许它到了欧洲水土不服？或许都有吧。

现在的香料群岛已然香消味散，岛上早就见不到香料种植园，也没有成规模的香料交易市场。山竹还在，不过只是庭院里的寻常果木。当地人会拿它的果壳做染料，可以染出驼色、米色、草绿乃至橘红的土布来，倒也别有情调。

菠萝蜜

齿留香、频那挲、牛肚子果、大树菠萝

有些人分不清榴莲和菠萝蜜，甚至以为是一种水果的两种不同叫法。在看惯了瓜果梨桃的北方人眼里，这两种巨型热带果子瞧上去还真挺像，都有着粗糙的黄绿色外壳，乍一见能唬人一愣。吃法也差不多，都是打开了吃里面一块一块黄澄澄的果肉。于是有人纳闷儿：这榴莲没传说的那么臭呀？嚼起来还蛮香甜的。这就叫“中原不识此滋味”。

实际上，榴莲和菠萝蜜完全是两码事。且不说在生物学上它们跟牛和马似的不属于同一目。仔细端详，那气势也截然不同。榴莲看起来并不周正，果皮尖锐如簇堆，支棱八翘的，让人想到怪力乱神。菠萝蜜表面虽也疙疙瘩瘩，但浑圆厚重、雍容大度，有弥勒佛的范儿，透着一股能包容大千世界的亲和力。若论个头儿，六七斤重的榴莲算是大的了，但菠萝蜜长到三四十斤都不足为奇。据说最大的能重达上百斤，堪称水果世界的天皇巨星。

再说果肉。榴莲的肉黄烂如泥，浓烈的异味复杂而刺激，你过罢瘾后最好躲着旁人。菠萝蜜金黄的果肉润似蜜蜡，芬芳馥郁间融蜜香、乳香、果香诸般甜香于一味，嚼上一块像含着块拌了蜂蜜的奶酪，满口盈香，浓得化不开。吃过之后，身体里已然浸透异香，余香不绝，因此别名“齿留香”。

据说这果子来自千年前的天竺国，原本叫作“频那挲”，宋代改称“菠萝蜜”。这一改不得了，立刻让人联想起《般若波罗蜜多心经》里的波罗蜜。

波罗蜜，到彼岸，度一切苦厄。或许人们觉得悟道的过程正像享用菠萝蜜，劈开愚钝的壳，剥去黏腻的丝络，才能得到内心里一片金光灿烂，品尝香甜至极的果吧？“硕果何年海外传，香分龙脑落琼筵”，明代海南诗人王佐这么描绘菠萝蜜。或许硕大无比的菠萝蜜带给文化人的不仅是香入心窝的味道，还有醍醐灌顶的禅意。

不过，在王佐的家乡海南，当地人未必觉得它有多神秘。在他们眼里，菠萝蜜只是房前屋后那棵遮风挡雨的大树，树干上层层累累挂满了硕大的果实。青绿色，疙疙瘩瘩，像翻过来的牛肚子，于是他们叫它牛肚子果。或者说得好听一点，像长在树上的菠萝，那就叫大树菠萝吧！

在海南人眼里，大树菠萝宽大的叶子摘下来可以垫米糕，包糍粑。松软的果芯可以熬甜汤喝。剥出鹅卵石似的果核，用盐水煮熟晾干，吃起来赛过甘香的栗子，简直可以当饭吃。当然，最重要的是吃它的果瓤，干苞肥厚、甘甜爽脆；湿苞软嫩，柔滑多汁。这果子容易长，据说只要用刀在树皮上砍上几下，流出白浆的地方来年就能生长出一颗果子来。一刀一果。果实的总重量甚至远远超过树身体。

呀！怎么忽然就想起立地成佛？

醇厚的大地滋养出朴实的菠萝蜜，包含着净土的芬芳。有人从它的名字联想到遥远的彼岸；有人剖开它粗糙的外皮取出甜蜜的果肉；有人感悟到深奥的哲理；有人享用着简单的快乐。这都无所谓。理念这东西本无所谓有，无所谓无。佛说五蕴皆空。大地上生出的事物，简单里包罗万象。

我是菠萝
我是凤梨

菠　萝

凤梨

我对菠萝的最初印象并不是新鲜菠萝，而是菠萝罐头，就是装在碗口粗、圆墩墩的玻璃罐子里，上面封个马口铁盖子，外表贴张简易商标纸，写着“糖水菠萝”的那种。在我小时候，菠萝罐头反倒比新鲜菠萝便宜。

三十几年前的北京，菠萝并不多见，而菠萝罐头却整齐地摆放在每个副食店的货架上。逢年过节走亲戚看朋友，或是偶尔去探望个病号，大家都喜欢带上两个这样的罐头，体面讲究，还方便对方存放。当然，水果罐头并不限于菠萝的，还有橘子的、黄桃的等，可相对而言，好像菠萝的更受欢迎。大人们用改锥撬开盖子后并不舍得吃上几块，那泛着甜香的菠萝块往往就成了孩子们最向往的甜品。属于大人们的是那个敦实的玻璃罐子，刷洗干净了是很不错的容器。可以存放白糖、盐，可以当作喝啤酒的杯子，甚至可以用来栽花种草……那时候家家户户的窗台上都能见到几个这样的玻璃罐子。

说来也怪，一般来说水果都是新鲜的好，可唯独菠萝，吃罐头的感觉反倒比新鲜的好。这或许是因为在北方就吃不到自然熟的菠萝吧？据说熟透的菠萝香得狂猛错乱，吃起来有一种几近痛楚的快意。这种感受我倒没有缘分体验。还有一个原因，要想把鲜菠萝吃到嘴是件挺麻烦的事。菠萝其实不是一个果子，而是螺旋排列的一两百个小果相拥簇集。要处理菠萝，首先就得戴上手套握住那簇满是锯齿的硬叶子，用菜刀顺着螺旋形的纹路一条条削净了皮，之后还要换尖刀挨着个剔去每个果眼儿里的棕色毛刺。对于不常吃菠萝的人来说，干这个活儿需要些耐性，否则毛刺扎在皮薄肉嫩的地方能痒痒上半天。

费劲处理好了的菠萝并不能直接吃，还必得切成大片浸在淡盐水里泡上半个钟头，祛除麻涩后才能享受到浓甜的果肉。那种专门用来削菠萝的剔刀出现也就近十来年的事。运输便利了，市场上可以见到整车整车的菠萝，卖菠萝的人也做起了代客削皮的服务。

不过鲜菠萝自有鲜菠萝的好处，芳香浓烈不说，还好看耐放。金黄的果子浓绿的叶子，可以看上十来天。在桌案上摆上一个，既养眼，又可以隐约闻到淡淡的甜香、清香乃至幽香。水果的这种用法叫“闻果”，就是用来闻香气的。经典的闻果是佛手、香橼，现在这两样果子都不常见，相对来说，还是菠萝来得实惠。菠萝实在是香，一个菠萝就能把整个屋子都变香了，而且摆上好多日子都不会变软。

我一直以为菠萝和凤梨是一回事，只是南北方叫法不同罢了。可前些日子去早市，卖水果的小贩告诉我说：不是。菠萝嘛，金黄色，尖利的叶子长满了锯齿；凤梨呢，是青绿色的，柔软的叶子上没有锯齿。菠萝皮硬得扎手，必须剔了果眼儿里的棕刺才能吃；凤梨平滑得可以用手摸，几乎没有果眼儿，削了皮就能吃了。最主要的，菠萝必须用盐水泡了才不麻嘴；凤梨不用，凤梨直接吃就是清甜清甜的。

“您换换口味。挑个凤梨回家尝尝？自己就能削皮。”接过小贩乐呵呵递过来的凤梨，挺漂亮，看上去跟大松果似的。一结账，敢情比菠萝贵得多。感触最深的竟不是凤梨和菠萝的区别，而是小贩的营销技巧。

释　迦

佛头、伯爵果、番荔枝

几年前的初冬，我随一个文化访问团到台湾岛采风。车经台东乡间，天近黄昏，忽见路旁几个头戴斗笠的农妇肩挑扁担小步慢跑，身子随着颤巍巍的大竹筐轻轻摇动，很有节奏感。正想请教导游筐里那些长满疙瘩的绿球是什么，就见昏昏欲睡的他忽然惊醒起来，眼睛一亮，从座位上欠起身子指着那大竹筐兴奋地叫起来："那就是释迦，台湾最好吃的水果。你们一定要尝尝，大陆买不到的。停车！停车！"

"释迦？释迦牟尼的释迦？怎么成水果了呢？"带着好奇，大家每人如获至宝地捧回了一颗大松塔般的绿果子，端详着它别致的模样：淡绿的果皮一瓣瓣整齐盘绕，纹路像鳞目般凸凹有序，真像是庙里佛头上的螺髻。"看上去像不像寺院的佛头？所以叫它'释迦'，也有人干脆就叫它'佛头'。"导游适时介绍着，同时饶有兴致地演示着吃法。

我学着他的样子轻轻掰开释迦，绵软的果实里露出瓣瓣乳白的果肉，迫不及待赶紧咬上一口。顿时，从味蕾到咽喉像被一种从未感知过的甘美冲刷了，浓甜绵密中隐匿着微酸的香气，嚼起来犹如奶油般醇厚滑润却又不失劲道。那迷人的滋味让人感觉满足。果肉化在嘴里，只剩下乌黑晶亮的小核。从此记住了“释迦”的名字——我所吃过的最香甜的果子。

要说释迦并不算台湾本地土产，而是源自遥远的大洋彼岸加勒比海上的岛屿，后来逐渐在热带美洲广泛栽培。直到今天，巴西人还把它叫作“伯爵果”。据说是一位伯爵把它引种进巴西的。大概四百多年前，荷兰人把这种奇妙的果子辗转带进了台湾，从此在宝岛扎下了根，滋补着在这里生活的人们。

远来的奇花异果也得起个本地名字吧？于是当地人叫它“番荔枝”，因为它没长大的时候那身鳞甲看上去就像颗青涩的大荔枝。还有人称它为番梨。至于谁最早喊它“释迦”或“佛头”已经无据可考。也许并非自某个人原创，而是约定俗成。——它长得实在太像佛头了。

释迦和台湾的渊源很深。那位被全祖望称为“台湾文献始祖”的南明文人沈光文曾经专门赋诗道：“称名颇似足夸人，不是中原大谷珍。端为上林栽未得，只应海岛作安身。”这首诗叫《释迦果》，吟咏的就是释迦，可又何尝不是在感叹作者自己的人生境遇呢？

沈光文曾和黄宗羲一起声讨过阮大铖，矢志不渝地忠于南明王朝。谁承想造化弄人，竟然在乘船去泉州途中被一场台风吹到了台湾宜兰。根据史学家连横的《台湾通史》记载，那是一六四九年。从此，沈光文带着不尽的乡愁漂泊于台湾。他曾经拒绝与荷兰人合作，暗中绘制地图配合郑成功，里应外合收复台湾。他也曾设帐传授汉文，将中华文化传播给宝岛的原住民。他还曾勘探地理、考察民俗，写下了《台湾舆图考》《草木杂记》《台湾赋》等中华文化重要组成部分的台湾汉文著述……然而他始终也没有回到海山相隔的故乡。他只能把自己比作一颗远来的释迦果，虽安身海岛，却牵挂着上林肥沃的土质。

听说释迦在两广、福建也有种植，我找了很久却终究没有找到。于是每每提起台湾，首先想到的竟是一颗释迦果。

日前再次台湾行，头一件事就是冒雨冲进水果店买回几颗硕大的释迦。可吃起来却有些发硬，也并没有印象中的那么浓甜。问过当地朋友才知道原来是季节不对，而且通常吃释迦前还要存放熟软后才能散出香气来。至于我上次吃到熟透了的释迦纯属巧合。

却原来，美味也需要机缘。

莲　雾

蒲桃、洋蒲桃、棉花果、扑通、点不

莎士比亚有句名言说:“叫什么名字有什么关系呢?玫瑰不叫玫瑰,依然芳香如故。”我倒觉得未必是这样。就比如莲雾,如果它不叫莲雾,恐怕很多人就不会生出那么多想象,也不会舍得花大价钱去买,更不会吃了之后略感失望地自言自语道:“嗨,这玩意儿也没什么好吃的!”

莲雾,听起来很容易让人想起一池莲花,想起水乡雾蒙蒙的早晨,或许还能想起某个从雨后的红莲里翩翩走过的小妹。正所谓“雾露隐芙蓉,见莲不分明”。莲雾到底是什么呢?其实就是广东人说的洋蒲桃。

十七世纪,荷兰人把爪哇的蒲桃引进台湾岛的时候只是因为它好看——开出的花像一簇撑开的茸毛球,白里带绿,堪称奇花;结出的果子简直就是打了蜡的大铃铛,红里透粉,可算异果。不过这果子吃起来却口味平淡——不够甜,不够酸,不太脆,也不太糯,嚼着跟一块虚泡囊肿的棉花差不多。叫它什么好呢?叫它棉花果倒是挺合适的。可当时的人没闲心专门给它写出个名字来,好像也用不着,于是在爪哇的时候它叫什么就还叫什么,原来发什么音还发什么音,口口相传，就这么一直叫了不知多少年。

台湾岛真是块风水宝地，再乏味的果子只要种在那里都能变得好吃得不得了。经过若干年栽培，这种外来的果子养甜了，变脆了，甚至选育出了黑里透红、油光锃亮的新品种，成熟之时红铃挂满树。果子上了档次就得配上个漂亮的名字，也不知道是哪位高人灵机一动，按照发音译出了莲雾，听起来好美好美。

话分两头，二十世纪初，这种果子也传进了广东。当地人怎么看怎么觉得它和家门口的蒲桃有些关系。只不过蒲桃圆头圆脑是个球，这洋玩意儿的头却是扁平的，像一个张开的大肚脐，看着就是个洋相鬼。往好说了叫它洋蒲桃，或者干脆就叫它番鬼蒲桃算了。

广东本地的蒲桃黄里带绿，闻着挺香，可肉少核大，中间是空心的，小孩子经常摇晃着当铃铛玩，为的是听果核敲打果皮哗啦哗啦的响声。既然蒲桃算不上够档次的水果，那这洋蒲桃也没什么好吃的。好在它艳若桃花，那就是索性种在路边或庭院里观花看果吧！也有人偶尔尝尝，感觉跟嚼棉花桃子似的，于是真就叫成了棉花果。

有意思的是洋蒲桃传上了海南岛，果子熟透了都没人摘，扑通扑通落满地，朴实的当地人就直接叫它“扑通”，或者按照传进来的发音写成了“点不”。您要跟他们说这是莲雾，肯定弄得人家一头雾水。

很长一段时间，洋蒲桃一直没什么人认，只不过是一种当景儿看的果子树。直到二〇〇五年，中国国民党主席连战先生率团访问大陆，特意带来了台湾屏东县特产的黑珍珠莲雾，很多人才知道莲雾原来也是一种名贵水果呢。没过多久，台湾的莲雾走进了大陆的超市，人们冲着这饱含诗意的名字当稀罕物买回来一看，这不就是街边树上的洋蒲桃吗！淡淡的没什么味道，只不过个头儿大了，颜色红了，可也不至于这么贵呀！

同样的果子，不同的经历，描绘出不同的姿色，自然也就有了不同的身价。不过论真了说，经过培育的台湾莲雾确实要比洋蒲桃好吃一些，可吃法上是有一些讲究的。比如可以用盐水泡泡再吃，就会觉得更脆生。还可以切成片撒上酸梅粉吃，据说会有种别样的清甜。

其实，莲雾吃的就是个淡，淡淡的甜，淡淡的香，淡淡的脆，淡淡的酸。淡也蛮好。更何况尝浓容易，尝出淡，难。

槟　榔

菁仔

“椰子树是男人树；槟榔树是女人树。”二十几年前我头一回去海南岛，听过这么一句话。

椰子树，枝干简洁高大，油绿的叶子巨扇般宽阔舒朗。海风吹过椰子林，犹如万千旌旗招展，威风八面，尽显男儿气魄。就连椰子果也着实像个好男人，外壳坚硬，掷地有声，内心里包容着一片澄澈的海。

槟榔树，挺拔俊秀，修长的腰身微微显出曲线美，树干节节灰白犹如罗裙裹身，顶端露出一节青嫩的酥胸，树冠处簇生着凤尾般的翠叶，那是她婆娑摇曳的秀发。槟榔的果子看上去娇小可人，嚼起来脸红心跳，热汗涔涔间让人微生醉意，很有那么点风韵女郎的味道。“高高的树上结槟榔，谁先爬上谁先尝……”暧昧的歌词，唤起美妙的想象。

在海南，满眼的椰子林并算不稀罕，但槟榔树却象征着财富。你要是远远望见椰海中有一丛槟榔树，那树下必有户人家，槟榔树越多表明那户人家越殷实。槟榔子嚼起来生津解渴，而且又辛又甘，提神爽气，是让当地人着魔的癖好。尽管槟榔嚼久了会让人嘴唇猩红，牙齿漆黑，可据说在早年间，当地的姑娘正是以红唇黑齿为美。美，关键看个性。

嚼槟榔透着神秘，很多远来的游客也想尝尝。不过一旦看见到路边地上的摊摊血红，并被告知那不是血迹，而是嚼槟榔后吐出来的汁水时，很多人难免望而却步。脚下令人恐怖的“血”印子怎么也和眼前俏丽的槟榔树联系不起来。

有那好奇者禁不住诱惑斗胆一试。店家把一张青蒌叶子抹上熟石灰，包裹上一颗嫩绿的槟榔子递了过来。一口下去，口腔里瞬间开启了海盗船，咽喉顿觉被噎住。这第一口，太狂猛，受不了，只好吐掉。古人说：“先吐赤水一口，而后啖其余汁。”再嚼那令人错乱的滋味，带来的是几近痛楚的快感。难怪当初苏东坡来到海南嚼过槟榔之后留下了这样的诗句：“北客初未谙，劝食俗难阻。中虚畏泄气，始嚼或半吐。吸津得微甘，著齿随亦苦。面目太严冷，滋味绝妩媚。”

嚼槟榔的习俗古已有之，甚至那染红的朱唇也变成了香艳的诗。“绣床斜凭娇无那，烂嚼红茸，笑向檀郎唾。”有人认为李煜这首《一斛珠》里的“红茸”并非红绒线，而是槟榔。想来也是，嚼着槟榔心醉神迷飘飘欲仙，个中滋味要比嚼一团绒线更来得勾魂蚀骨。

槟榔的嚼法花样很多，用蒌叶、石灰搭配着新鲜槟榔子算是一大类。那颗鲜嫩的槟榔子就叫作“菁仔”。石灰可以是用贝壳烧制后研磨成粉，也可以用大理石煅烧水洗加工成白灰，还可以加入姜黄或中药材变成略带甘甜的红灰。槟榔强酸性，石灰强碱性，咀嚼时牙齿每摩擦一次就发生一次激烈的化学反应，千般滋味汇成那一口汁水，殷红如血。

把槟榔蒸煮熟了，或干燥或盐腌或蜜饯制成干货，再嚼起来依然会面色潮红、精神焕发，但不至于染个血盆大口。这种吃法更适合大众吧？像盐水槟榔涩里带咸，上面挂着层盐霜。糊槟榔又焦又脆，一咬就碎。用冰糖蒸过的枣儿槟榔棕润殷红，如甘如饴。早年间北京的烟铺里还有卖烟熏槟榔的。《红楼梦》里有一段描写贾琏和尤二姐调情，贾琏接过尤二姐的槟榔荷包，拣了半块吃剩下的撂在口中嚼了，又将剩下的都揣了起来，这里勾人的槟榔想必也是这种干货。

嚼干槟榔的嗜好百多年前在两广、两湖、江浙、京津等地都非常流行，后来逐渐被吸烟草所取代。现在这一遗风尚存的地区恐怕只有湖南了，其他地方的人，大多觉得那是很遥远的味道。

椰　子

金椰子

印象里最早见到的椰子是带着椰棕的木头球，郑重其事摆放在水果店的木架上，淡褐色，长满棕毛，带个小尖嘴儿。当初图新鲜买过一个，又钻又凿好不容易劈开，并没见到什么汁水，只有一层雪白的椰肉，咬起来发艮，有股别致的奶油味儿。

工作几年后第一次去海南岛，看见街边巨伞似的椰子树下圆滚滚的大椰子堆成山，感觉无比新奇：椰子怎么是青绿色的，而且比北京的大得多？花上两块钱赶紧买一个。摊贩用带弯的砍刀"咔咔"两下，刀缝处，清澈的椰子水喷射出来。我这才明白，真正的椰汁无色透亮如同清水，并不是易拉罐里的那种白奶汁。就那么抱着大绿球"咕咚，咕咚"喝个痛快，隐隐的清甜含着淡淡的香，伴着阵阵椰风吹干身上的微汗，独特的热带温情裹挟着海味儿永远定格在心头。

喝光了椰子水，小贩要过椰子，一刀砍开，又削下一块青绿的椰皮，示意我把椰皮当勺子挖壳子里面那层椰肉吃。雪白的椰肉颤巍巍的，上面是一层明亮的胶冻，含到嘴里温凉滑嫩，带着浓郁椰香。一壳椰肉下肚，实在有些吃撑了。

当时就想，海南人真是幸福无比，天天光喝椰汁吃椰肉就可以活得很美。难怪当初苏东坡父子流放到这蛮荒之地未见特别郁闷。父子俩不但把椰汁当作美酒痛饮，还用吃剩下的椰壳做成别致的帽子，作为礼物寄给了海峡对岸的苏子由。爷儿仨为这新奇的发明而陶醉，各作了一首诗，都叫《椰子冠》："天教日饮欲全丝，美酒生林不待仪。自洒疏巾邀醉客，更将空壳付冠师……"

记得那一个星期里几乎没怎么喝水，每走到一处就在路边花两块钱买个椰子。当然也有稍贵一点儿的，那是金灿灿的金椰子。椰汁比青椰子少，但味儿更足，椰肉也更柔润芳香，酷似奶油。酒店里的椰子自然不是这么个粗鲁吃法，而是把椰汁倒出来和椰肉一起打碎搅拌，加上砂糖倒进杯子里，喝着挺像易拉罐里的那种饮料。

椰子要算是个头儿最大也是最重的坚果。在海南，椰子不仅可以解渴，而且是生活必需品。把椰肉切成小片，撒上咸盐在铁锅里焙干了，嚼上一片，清香满喉，那曾是家家户户孩子们最喜爱的零嘴儿。在缺腥少荤的年代，当地人煮饭烹菜时总要放上把乳白的椰丝，权当是肉。清淡的汤水上泛起点点油星，散发出独特的香甜。要是把泡发的糯米塞在椰壳里，还可以蒸出椰香浓郁的椰子饭。偶尔奢侈一把，甚至可以直接用椰子煨炖上一只椰子鸡。对于游客来说，要是能尝上杯用椰奶调制的兴隆咖啡，让深沉与柔滑交融于一处，那才是椰岛独有的风情。

后来又去过几次海南，照例不怎么喝水，只在街边买椰子连喝带吃，顺便听摊主讲如何训练猴子上树摘椰子。据说有那聪明的猴子还会分辨生熟。当然，也买过各种用椰子做的工艺品，勺子、小碗、储蓄罐，乃至用椰树叶编织的凉席，只是始终没有见到传说中苏东坡戴过的“椰子冠”。

近几年北京也能见到青椰子了，切成规整的水桶形，用保鲜膜包着。总是觉得有些贵，一直舍不得买。春节时在庙会上破例买了一个，喝了椰汁，想让小贩劈开吃那椰肉，小贩竟无所适从，似乎从没人提出过这样的“无理要求”。我心想：这不是糟蹋东西吗？在海南，吃的就是椰子肉。而椰汁，反倒是可以倒掉不喝的。庙会上的椰子本是外来物，大多数人只是渴望喝到那直观的一包淡淡清水，而对于附着在骨子上那层浓香的精华，恐怕连见都没见到过。

杨　桃

星星果、洋桃、五敛子

诡异，似乎很难用来形容水果，可大名鼎鼎的李时珍就这么用了。享此殊荣的水果长得也的确另类。是什么呢？杨桃。

通常的水果要么生成个球，要么是圆柱体的各种形变，总之都是圆滚滚的，或丰润或骨力。可杨桃则不然，它蜜蜡般的果实五棱见角，横切面俨然就是一颗五角星，果肉透明晶莹如冻，碧绿间嵌着娇黄的纹理，犹如光芒闪耀。难怪英语把它叫作“星星果”（star fruit）。

有一次去广东开平看碉楼，透过西洋式的花窗向外张望，竟然看见一片浓绿的树木间悬挂着簇簇油润的五棱小灯笼。拳头大小，橙黄娇艳，像是一棵棵大盆景，点缀在碉楼四周，足够洋气。一眼认出，那是杨桃。不觉得诡异，而有些惊喜——这果儿原来是这么长在树上的！

有人说杨桃本应写成“洋桃”，因为它是从南洋大海传到广东的舶来品。那想必是很久以前的事了。传来传去，不知什么时候，洋桃变成了杨桃。不过李时珍并没有这么叫，而是称之为“五敛子”。《本草纲目》上这么写：“五敛子，出岭南及闽中。其大如拳。其色青黄润绿，形甚诡异……”

古时候岭南人把“棱”叫作“敛”，五棱子，多形象的名字，听起来就让人联想起那五道很唬人的剑脊。

第一个吃杨桃的人算不算英雄，没人讲过。不过鲁迅对这精灵古怪的水果也没少发议论，在他与许广平的《两地书》里，杨桃简直称得上是一条隐匿的线索。从许广平询问鲁迅厦门有没有杨桃，到鲁迅表示很想尝尝这种稀罕物。从鲁迅初尝同事带来的杨桃时认为“味道并不十分好，而汁多可取，最好是那香气，出于各种水果之上”；再到许广平解释杨桃有很多种，最好是花地产的，个小而丰肥，香滑可口，同事带去的未必是佳品；直至鲁迅八月初到广州后适逢杨桃上市，觉得“此物初吃似不佳，惯则甚好，食后如用肥皂水洗口，极爽”。看来鲁迅先生吃杨桃已渐入佳境。至于为什么吃过后要用肥皂水洗口，不得而知。

到了九月底，鲁迅偕许广平迁居上海，总结在广州的日子时竟然发出了这样的感慨：“广东的花果，在‘外江佬’的眼里，自然依然是奇特的。我所最爱吃的是‘杨桃’，滑而脆，酸而甜，作成罐头的，完全失却了本味……我常常宣传杨桃的功德，吃的人大抵赞同，这是我这一年中最卓著的成绩。”想来，对于身为广州女婿的鲁迅，杨桃不只是初酸而久甘的味道，还勾连着细腻而微妙的情感吧？想不到在大文豪眼里，平淡的杨桃也可以变成有爱的水果。

杨桃罐头，我没见过。不过杨桃除了直接剥去那层油润的蜡皮生吃之外，还有许多种吃法。在台北的西门町，有专门卖杨桃冰的甜品店。其中的杨桃据说依古法腌制了三个月，包裹着一层细细的冰沙，咬下去极甜。混合着冰碴的汁水有点像北京的酸梅汤，酸咸回甘。咕咚咚一口下去，清爽，提神，透心凉，竟有千般滋味在心头。

成熟的杨桃果实橙红而边绿，皮脆肉软，爽滑清甘。没熟透的是青绿色，吃起来自然酸涩。不过没关系，可以切成薄片蘸上一点点盐，再嚼起来顿觉满口清香爽利，那种独特滋味属于酸甜之外，古人形容为“清妙”。清妙之味难以言传，唯有尝试。

芒 果

庵罗果、阿尔芳索、望果

天暖和了，又见到大大小小的各种芒果摆满了水果摊。有的光滑硕大，鹅黄的果皮上泛着娇红；有的圆溜溜，像是红霄梨，紫红色的屁股青绿的歪嘴；有的细长如纤纤玉手，通体是鲜艳的杏黄色；还有那小巧可人的橘黄色腰芒，活脱一个个压扁了的鸡蛋……在摊贩指点下，我知道了那些赤金色的漂亮芒果是用硫黄熏出来的，存不住。于是，带着几分感激买了好几斤“红霄梨”回家，洗干净两个放在案头，闻得到清甜的幽香。切开一个尝尝，一缕浓甜直渗喉底，淡淡的松蜡般的香气刺激得津生两腮，就连鼻孔呼出的气都含着丝香味儿。这南方的圣果，真是兼具了桃子、香蕉、椰子、李子等水果的诸般美妙。

现如今芒果算不上稀罕物，可在我们这代人心目中，它曾经高贵得近乎圣物。四十多年前，北京的水果店里是见不到芒果的。但几乎家家户户正中的桌案上都会摆着一个玻璃罩子，里面端放着一枚蜡制的芒果，青黄的颜色，深绿的果蒂。据说这种陈设来源于毛主席把外宾赠送的芒果转赠给了工人师傅和参加国庆观礼的群众。大家激动得舍不得吃，纷纷用蜡封起来摆着观赏。后来出现了蜡制或塑料的仿真芒果，逐渐流行开来，甚至一度风靡全国。当时几乎没有人不认得芒果的，却极少有人知道它究竟是什么味道。

不过中国人知道芒果并非始于二十世纪六十年代。很多人认为《大唐西域记》里提到的庵罗果就是芒果。上面记载着玄奘曾在印度的庵罗果树林里跟随一位一百零七岁的得道者研习经典。或许那场景正像千年之后泰戈尔所描绘的一般："芒果树在村径上撒着繁花，蜜蜂一只一只地嗡嗡飞来。"那是一个怎样诗意的春天！

芒果堪称现在印度的国果。那里的芒果产量世界第一，年产超过千万吨。据说现有的一千五百个芒果品种中大部分都出自印度。大的赛过椰子，小的堪比核桃，绿似翡翠，红如玛瑙，黄赛蜜蜡，有的细润弹指即破，可有的粗糙得像个木瓜。当地人不仅直接吸吮啃食这种甘美的果实，而且还用来腌菜、酿酒，做果脯、果酱、酸辣酱……形成了一种独特的芒果文化。印度最著名的芒果当属阿尔芳索。果肉醇厚细腻，口感丰沛甘润，而且没有塞牙的纤维丝，经常作为馈赠给各国政要的礼物。

在我国古代，芒果曾有很多名字，比如蝆果、杧果、檬果、闷果、面果等等，其中最美妙的当属望果，是希望之果的意思。《本草纲目》上说这种果子俗称香盖，叶子像茶叶，果实似北梨，五六月份熟，可以止渴充饥，多吃些也没有什么害处。看来早在明代，中国很多地方就已经能吃到芒果了。

我第一次尝到芒果的滋味大概是上中学的时候。当时去一个同学家，他的母亲把从广东带回的芒果切了一个，作为珍品招待小客人。橘黄的芒果横着一劈两瓣，我才知道中间还藏着一枚扁长的大果核。剔去果核，用小刀切成小方格子，顺手一翻，变成了两个水汪汪的乳黄色小刺猬，据说这是从广东学来的标准切法，为的是割断那些细韧的纤维。

或许是对于芒果的向往实在是太深，让我一下子就记住了那一鼻子吸不到底的清香，那浓腻汁液的蜜甜与甘醇，以及那别致的切割手法。待到在北京可以买到芒果的时候，还时常以此为资本冒充一把芒果达人。

只是不知从什么时候起，再也见不到那些供在玻璃罩子里的芒果了。

柚　子

沙田柚、坪山柚、暹罗柚、文旦

中秋是个好时节。中秋前后不仅可以吃到象征团圆的月饼，还能尝到各色当令水果。也是沾了佳节的喜气吧，这时的水果大多包含着吉祥的寓意——苹果意喻着平平安安，桃子象征着长生不老，石榴憧憬着多子多福，成串的紫葡萄挂着白霜让人看得见丰收的希望……中秋的水果是这么讨人喜欢，以至于中秋节也可以叫果子节。早年间八月十五祭拜月神，西瓜还得切成红绿相间的莲花瓣，透着格外的漂亮；而供桌上的那段必不可少的白莲藕，据说是专供兔爷剔牙用的。

隔千里兮共明月。南下千里之外的闽粤一带虽见不到北方的苹果、石榴、紫葡萄，但中秋的应季水果也同样可以讨到动听的口彩。就比如柚子，那浑圆饱满的富态相自然让人联想起团圆与美满。又因为柚子的“柚”有与福佑的“佑”谐音，当然就成了中秋节馈赠亲友的吉祥物，捧在手上递送过去，是一颗颗福气满满的硕果，祝愿着亲友福佑安康。

柚子的另一样谐音是“游子”。于是从中秋到重阳，祖籍闽粤的游子们回到家乡寻根谒祖的时候，都能享受上一顿趣味横生的“游子宴”。宴席上的主角当然是柚子。不仅有用清甜的柚肉制成的柚子脯、柚子饼、柚子羹，更有用柚子皮烹制的特色菜肴。像广东名菜虾子柚子皮，还有柚香粉蒸肉、柚子拌牡蛎、柚子酱排骨等，甘甜中隐匿丝丝苦意，游子们吃了能落下泪来。

剥柚子有技巧，讲究是从中间最粗的地方用刀尖横着划上一周。下刀的深度有分寸，要把握在刚刚不触及果肉为好。然后，伸进四个手指头，转着圈地向外拉扯，不一会儿就能剥出一个完整的果肉球，看见薄膜包裹的柚子肉。剩下的柚子皮是两只完整的柚子碗。当然，在孩子眼睛里，它首先是两个天然的柚子帽，戴在头上，提神醒脑，满头清香。

游子宴上喝的茶当然也是柚子茶。这种茶可不是我们在超市里常见的那种甜腻的蜂蜜柚子茶。游子宴上的柚子茶是把柚子掏净瓤肉晾干了，塞进上好的乌龙茶，用线缝合后封存起来，再风干上一两年才做成的。喝的时候用刀剖开已经变成黑褐色的柚子皮，掰下一块茶，用陶壶慢慢煎煮。直煮得色如琥珀之时啜饮一口，“初尝香味烈，再啜有余清”，醇厚与清甘融于一壶，正是柚子赋予了乌龙茶独特的神韵。

天色将晚，是张灯的时候了。取个大柚子削去顶盖，掏空果瓤灌进灯油，放上灯捻儿点燃了，就是一盏柚子灯。灯火摇曳，奇香弥漫，偶尔发出噼里啪啦的声响，当地人相信那是游子发迹的好兆头。

柚子是柑橘家族的鼻祖，早在《楚辞》的时代，贵族的庭院里就已经种植柚子了。柚子的兄弟很多，有名的像原产于广西容县的沙田柚，原产于福建漳州华安县的坪山柚，还有原产于泰国曼谷附近果肉粉红的暹罗柚。而原产于闽南、清代中晚期后引种到台湾的文旦柚索性就叫成了文旦。

我曾见过长在树上的沙田柚，不过不是在广西，而是在广东韶关的丹霞山脚下。但见巨大的梨形果实柚色油然，簇簇悬垂于宽厚的绿叶间，随着微风颤巍巍晃动着，风也透出柚子香，这阵势震撼得我这个北方人莫名的兴奋。啊！原来这就叫硕果累累。

木　瓜

番木瓜、万寿果、树冬瓜、奶瓜

《红楼梦》里有个著名的“木石前盟”，说的是黛玉和宝玉的前世姻缘。要说起这段誓愿的缘起，其实远不止小说中提到的绛珠仙草与神瑛侍者。追根溯源，曹雪芹还是受了《诗经·卫风》的启发。

“投我以木瓜，报之以琼琚。匪报也，永以为好也……”古老的情歌，语言清新，情感浓烈，也让后人了解到两三千年前先民们的爱情信物——木瓜与琼琚——一木，一石。当时的人们以多子的木瓜象征女性，隐匿着上古生殖崇拜的痕迹。《论语·乡党》中以提到以瓜祭祖也是这个因由。女子若以木瓜赠予男子，就意味着以身相许了。坚硬的玉石象征男性，同样有男性崇拜的影子。男子回赠随身佩戴的美玉，承诺永以为好。一首定情诗，让木瓜传咏千古。

于是有人问了，黄河流域的卫国怎么会有今天产自南方的木瓜呢？难道是物候变化造成的吗？况且捧个几斤重的大木瓜去表达爱情，总感觉怪怪的。其实不然。《诗经》里的木瓜可并不是我们今天在水果店里买来的那种南方水果。《诗经》里的木瓜属蔷薇科，春末开花，花似海棠，猩红的热烈，粉白的妩媚。它的本名就叫木瓜海棠。木瓜海棠开花之时烂漫绚烂，撩得人春心荡漾，白瓣上撒着点点红斑又透着那么些俏丽。结出的果实成熟后仅有拳头大小，椭圆形，光溜溜的，像个青黄色鹅蛋，果皮中透出清甜的香气，这就是原产于中国的木瓜。

木瓜本是爱情果，它的灵魂就是那缕香气。遗憾的是它并不适合生吃，味道酸涩不说，嚼起来像木头渣子，这大概也就是它没有发展成水果的原因。不过木瓜自有木瓜的用途，放进沸水里烫到外皮灰白，对半剖开晒干了，就成了平肝舒筋、和胃化湿的中药材。有名的木瓜酒就是用它泡制成的。

再来说说今天水果店里常见的木瓜。其实，叫它番木瓜更为恰当，因为它原产于美洲的墨西哥南部。通常认为这种水果是明代中晚期才漂洋过海传进中国闽粤台一带的，所以直到现在，有些地方还直接叫它番瓜，也有人把它叫作万寿果或者树冬瓜。或许是这种长在树上的瓜外形很像中国原产的古老木瓜，只是个头大了些，于是尽管在植物学上不同科属，但叫来叫去也就成了木瓜。别看都叫木瓜，口感却大相径庭。熟透的番木瓜色泽橙红，果肉绵软，纵向切开，挖去那一包墨鱼子似的种粒，直接就可以当甜羹。

番木瓜吃起来甜腻浓厚，带着一股独特的奶味儿，潮州一带也叫它奶瓜，甚至传说它能丰胸。尽管这种说法不见得有什么科学依据，但木瓜和奶的确很配，无论是木瓜炖牛奶还是木瓜炖椰奶都不失为一道美味甜点。在港粤一带，番木瓜不仅被当作水果，也常常入肴做菜，简单的有木瓜鸡脚猪骨汤、木瓜粟米花生生鱼汤，高端的像有名的木瓜炖雪蛤。

说起木瓜，又想起在昆明喝过的木瓜水。咖啡色的果冻一块块漂在红糖水中，软润滑溜，好像唯有云南才有。这种木瓜又不同于上面两种木瓜，而是茄科植物假酸浆打下来的深褐色种子。把这样一包只有芝麻粒大小的种子用纱布包裹起来在凉水里不停地揉搓，滤泡出黏滑的成分，用石灰水像点豆腐一样点成晶莹剔透的胶冻。吃的时候浇上晾凉的红糖水，用勺子“哒哒哒”打出活泛劲儿，一碗下肚，冰凉酸甜，滑口爽心。

三种木瓜，三样味道，三种不同的情调。

荔　枝

离枝、妃子笑、铊堤

九百多年前，一个烟雨朦胧的春日，被贬惠州的苏东坡心情大好。因为，他头一回尝到了荔枝！嫣红果壳里裹着颗膏腴般的珠子，蜜滑爽嫩，直鲜得苏大诗人不由得欣然赋诗：“海山仙人绛罗襦，红纱中单白玉肤。不须更待妃子笑，风骨自是倾城姝……”

原本是发配了来受罪的，谁承想这南蛮之地竟有这等美味！苏老先生看到这地方四季如春，特别是竟有荔枝吃，还真就不想走了。他每天荔枝往饱了餐，大有在此扎根的意思。苏东坡在惠州的日子过得非常舒坦，非常潇洒，终日享受着白居易笔下“壳如红缯，膜如紫绡，瓤肉莹白如冰雪，浆液甘酸如醴酪”的岭南仙果，自己也把听来的岭南土话改编成了千古名句：“日啖荔枝三百颗，不辞长作岭南人。”

其实，荔枝并不能真像诗里写得那么豪吞。这种水果少食多滋味，多食坏肚皮。慢说是三百颗，就是一次吃上三十颗，也必会头晕、心悸、口生疮，不流鼻血就算好的。这在医学上叫“荔枝病”。于是有人猜测，苏东坡必是没听懂粤语，把“一啖荔枝三把火，好热气咖食多咗”给误解了。人家本来说的是："一口荔枝三把火，很上火呀吃多了。"

宣传的力量是无穷的。美妙的诗句让这鲜果扬名万里，即使在遥远的北方，小孩子也知道最鲜美的水果应是荔枝。记得我第一尝到荔枝是在三十多年前，是街坊送的，只有两颗。印象很深，棕褐色裂片似的果壳里是清白的果肉，浓甜似蜜，余香浸齿。吃过之后剩一颗紫檀色的大核，油亮亮的。那果核我留着把玩了好几年，似乎是能回味到那来自遥远南国的神秘鲜甜。

待到第一次去海南，见到如帷盖般煌煌扈扈的荔枝树，冒着热汗尝到现摘的鲜果，才发觉自己对荔枝的认识相去甚远。剥开那层带着突兀峰尖的艳红果壳，露出的是一颗晶莹剔透的巨大珍珠。果浆清冽，触齿四溅，上攻鼻腔，下透颈喉。口感温润爽滑，如含丝啜锦。也许，唯有这样的果子才能跟圆润水灵的杨贵妃联系在一起吧？"温泉水滑洗凝脂"，"绛衣摇曳绽冰肌"。荔枝得以名扬天下，杨贵妃功不可没。

在北方吃到的荔枝通常颜色已经不那么鲜艳，味道也要逊色多了。这果子不易保存，离开树木之后一天色衰，两天香消，三天味变，等到了第四五天，在岭南人眼里，恐怕已经不能称其为荔枝了。因为离不了枝，所以这果子原本是叫作“离枝”的。采这果子也不能一颗颗地去摘，而是要连枝带叶用刀往下割。

相传，古代进贡到紫禁城的荔枝要在当地把刚连枝砍下来的果实用油亮狭长的绿叶子包裹了，藏进清水浸透的竹筒里，再用荔树底下的土和成泥塞上口，封上蜜蜡，一路飞驰驮荔进京。打开封装之后依然是风枝露叶，就像刚采下来似的。这大概就是最早的保鲜技术吧！

现在好了。用泡沫塑料箱垫上冰，各种荔枝都能很快运到北京。早市上成堆的荔枝并不少见，从皮薄肉厚味道浓的糯米糍到带着淡红色斑驳鳞片的桂味，还有这几年时兴的妃子笑——果皮青红，肉白核小，四川人也叫“铊提”。只是还没见到传说中的绝品增城挂绿。商贩们用个小喷壶时不时往束枝成把的荔枝上喷着水雾，水泠泠的倒也不寒碜。不过吃起来，总也找不到在海南的味道。

真味如情之所至，毕竟刻骨铭心。

龙　眼

荔枝奴、鬼眼、虎眼、圆眼、桂圆、福圆

水果也有表姊妹，比方说荔枝和龙眼，模样近似，品性相仿。可若论境遇，龙眼可就远远比不上荔枝了。

荔枝果实硕大，果壳猩红，剥开之后厚润的果肉如凝脂暖玉，很容易让人联想起温泉水滑里泡透了的杨贵妃，从来都是高贵水果的典范。

龙眼呢，黄皮寡瘦，相伴之下看着有些寒酸。剥开之后，薄细的果肉半透明，能够透出里面漆黑的果核，像个掉出来的眼珠子。叫它龙眼，是讨个吉利的口彩。实际上，早年间当地人只把稍大个的叫龙眼，而把个头儿小的叫成鬼眼。中不溜儿的呢，那是虎眼。若是一大一小并蒂而生还可以叫作鸡母引鸡子。从前北方人分不太清楚，索性都统称为圆眼。文人觉得不雅，于是命名为“荔枝奴”，听起来感觉就像是专为荔枝配的小丫鬟。

龙眼和荔枝一样不易保鲜。若是生长在别处，凭它鲜甜的口味还真备不住能作为土特产千里迢迢上贡进京城。可偏偏这荔枝奴总和荔枝相伴而生，成熟时间却又晚上俩月。在交通不便的时代，花费同样的成本运输，当然是要选漂亮好吃又先熟的荔枝了。所以，一骑红尘妃子笑，怎么也轮不到龙眼的份儿。看来水果一样拼颜值。

不过，龙眼自有龙眼的妙用。挑选个头儿大的果子经过日晒或烘焙，蒸去水汽，直至那黄褐色的果壳一捶即碎，中间的果肉已经变成一层棕黑色的皮囊，皱皱巴巴附着在果核上。您可千万别嫌它难看，果核里的养分全都凝结在这层软泥似的果肉里。焗制过的龙眼浴火重生，蜕变成了金贵的干果——桂圆。

至于为什么做成干果之后改了名字，说法不一。有人说是因为这小圆果儿产自桂花飘香的季节，由此而得名。也有人说是因为它来自号称“八桂之地”的广西，所以叫“桂圆”。而且确实有人把产自福建的这种干果叫作“福圆”。而在福建农村，甚至有根据大小叫成大圆、二圆、三圆的。好在对于干果而言，叫什么也许并不重要，重要的是它隐约带着些药香的独特甜香味，这是其他水果干果都不具备的。就靠这一点奇香，小丫鬟自立门户了。据说经常吃桂圆可以强魂聪明，轻身不老。若论滋补功效，这黑不溜秋的桂圆远远优于白嫩多脂的荔枝。

桂圆当然可以敲碎了外壳直接含着吃，不过它实在太甜了，直甜得齁嗓子，这么吃起来未免有些糟蹋东西。可若是用它来熬汤或煮粥，效果就大不一样了。热气一催，桂圆的滋味融化在整碗汤里，喝上一口香甜适度，宁心益髓。《红楼梦》的一头一尾有两个重要情节都和桂圆汤有关。一次是贾宝玉“游幻境指迷十二钗”之后受到惊吓，迷迷惑惑，若有所失。众人连忙端上桂圆汤来，呷了两口之后缓过神来。再一次是他丢了玉后昏迷不醒，神志错乱。王夫人叫人端了桂圆汤来喝了，才渐渐地定了神。一碗甜汤有没有那么神不好说，但从中却能看出，在清代中叶，桂圆已经是京城官宦人家的必备滋补品了。

在老北京人的印象里，桂圆是属于冬天的。天冷之后，条件好的人家去干果铺买回桂圆当作熬腊八粥的细料。老人们心疼孩子，常拿出几颗给孙儿孙女当糖吃。所以北京孩子一直以为那甜腻的桂圆肉本来就黑黢黢的。

也就是近些年吧，入秋之后市场上也能买到新鲜的龙眼，剥开青黄的小圆壳，一颗晶莹的果粒如夜明珠。记得第一次见到它感觉好奇怪——难道这就是桂圆的前世吗？

香　蕉

芭蕉、西贡蕉、小米蕉、香芽蕉、华蕉

准备大考的儿子兴冲冲跑回家，进门就喊：“今天老师专门讲了一堂考试心理学，说吃香蕉可以缓解考试压力。”吃了这么些年香蕉，还真不知道有这用处。上网一查，果不其然，香蕉里含有的钾、镁等微量元素，能防止血压升高、肌肉痉挛，还能消除疲劳，让考生精力充沛。于是赶紧欣欣然买回一大把香蕉预备着，权当它是灵丹妙药。即便只是个心理安慰也好呀！

香蕉虽属南方水果，可或许因为产量大，早年间在北京也不算罕见。走亲戚看朋友拎上把娇黄的香蕉属人之常情，透着体面，也包含着友好“相交”的善意。因了这层意思，宴会上的四鲜果里同样也少不了它。

可有意思的是，在古典文学作品里却很难发现“香蕉”二字，和它沾亲带故的芭蕉倒是经常见。从李清照笔下的“窗前谁种芭蕉树”，到《西游记》里铁扇公主的法宝芭蕉扇，乃至成曲于二十世纪初的广东音乐《雨打芭蕉》，都是如此。倘若您徜徉于入诗入画的江南园林，还经常能在窗棂外见到几株闲栽的芭蕉树，长叶宽阔舒卷，浓绿的蕉荫里清雅大气。不过论真了说，芭蕉本非树，而是一棵巨大的草。

芭蕉虽美，可结出的果实却偏酸涩，虽说能吃，但口味不佳。真正的芭蕉如今只有海南的街头偶有挑担的小贩卖，看上去像一只胖乎乎的小手。市场上常见的那种鹅黄色娇小的芭蕉其实并不是芭蕉，而是香蕉的一个品种——西贡蕉，或者叫小米蕉。吃起来甜中含酸，微微带着些韧性。现在最常见的那种黄皮白芯口感香糯的香蕉，则是从原产于我国南方的品种香芽蕉培育出来的，所以也叫华蕉。

有意思的是，今天我们常见的香芽蕉并非土生土长，而是十九世纪初先传到非洲东部的小岛毛里求斯，后来又移植进英国的查兹沃斯庄园作为观赏植物。直到香芽蕉传入美洲后才得以广泛种植。一棵草，竟也千回百转。

香蕉是个大家族。比如曾经风靡世界的大米七香蕉，个头儿比香芽蕉大，口味也更好，但由于对黄叶病缺乏抵抗能力而被逐渐淘汰了。现在仅存于泰国的一些地方。顺便说句，人工培育的香蕉是无性繁殖的，属于遗传学上所说的三倍体，所以您在嚼香蕉的时候是见不到籽儿的。而且，一年四季都可以吃到，给人的感觉也属中性，好吃，但不惊艳。

不过若是按照另一种理解，芭蕉属里可以食用的果实都能称之为香蕉，那么香蕉的品种至少能上千。成熟的果实不仅有艳黄的，还有青绿的、白绿的、紫红的、棕红的，等等。不仅可以当水果吃，还有当蔬菜烤着吃，炸着吃，甚至熬汤吃的，风格迥异。记得有一次参加法兰克福国际书展，展馆外有许多摊煎饼的小摊儿，近前一看，竟然是把香蕉绞碎了放进面糊里当鸡蛋使，做法和山东煎饼类似。买上一个尝尝鲜，甜香软糯，味道还不错。

在非洲，香蕉与其说是水果蔬菜，倒不如说是粮食。因为那有几百万人以香蕉为生，香蕉在那儿就是口粮。据说香蕉作为水果全世界产量第一，而作为可食用农作物而言，香蕉的产量位列第四，仅次于稻米、小麦和玉米。

没想到，一把绵软的香蕉，竟然如此强大。

福

果生大地北

山里红

山楂、红果儿、榅桲

山里红上市是在冬天。堆放在冬日暖阳底下的果子摊上，透着耀眼的红色，让人立马想到一串串珠光宝气的冰糖葫芦，越想越馋人。或许还有人能联想起浪漫的山楂树吧？

论真了说，山里红和山楂不是一回事。一般说的山楂个头儿小，核大，籽多，肉少，皮厚。表皮上还有许多麻点儿，看上去也不觉得光滑。这种果子酸得能让人倒牙，通常并不直接吃，主要用来入药。比如很多人小时候吃过的山楂丸，再比如中药饮片中的焦三仙。山楂原本很便宜，所以也可以加工成零食给孩子吃着玩儿。最常见的是绛红色手指头粗的果丹皮，包在玻璃纸里，裹着很多人的童年记忆。还有拇指盖大小的山楂片，粉红的，卖得很便宜。金贵的要数朱红的山楂糕，一块块状如凝脂，算得上是山楂食品家族里的上品。

穿糖葫芦用的果子并不是通常说的山楂，而是比山楂大一圈的山里红。它是山楂和沙果嫁接的产物，北京人也叫它红果儿。品相好的红果儿跟小乒乓球似的，而且核小、籽少、果肉厚，外皮薄而光溜，皮上金黄的斑点稀疏可见。红果儿生吃起来口感比山楂味儿正，蘸上冰糖后“咔嚓”一咬，微微的酸里裹着杀口的甜。

红果儿不仅能做糖葫芦，还能做炒红果儿，那可是地道的京味儿甜品。选用肉质发艮的果子洗净，加上冰糖放进清水里熬。掌握好火候慢慢地焙，让红果儿润味儿可又不至于崩裂，直焙得水分将尽，留下少量红亮的汤汁包裹着殷红的果子，像是一颗颗艳丽诱人的玛瑙。晾凉之后吃那裹着浆汁的果子，酸甜满口，怎不叫人舌底生津，神清气顺？顺便说一下，这熬红果为什么叫“炒”呢？因为在满语里把吃食熬出浓汁叫作“炒”，而非过油翻炒的意思。类似的还有很多人不得其解的北京小吃“炒肝儿”，也是这么个来由。

老北京有一种吃食叫榅桲。很多人以为那就是炒红果儿的别称，其实不然。尽管榅桲用的也是红果儿，不过不是焙出来的，而是泡出来的。也就是把红果去核后在开水里煮上两三分钟，然后就那么连汤带果放在冷地方泡上一宿。做榅桲放的水要多，而且加的是绵白糖，不是冰糖。吃这口儿主要就是为了喝那石榴红的汤汁，甜酸冰凉。榅桲也可以用来配菜。比方说把榅桲浇在鸭梨丝上就成了榅桲拌梨，看上去红白相间，吃起来甘凉细润，清爽脱俗。梁实秋曾写过有个老头子怀揣一个小碗在风雪交加中跑出去一个小时寻来榅桲拌梨吃，用以解释什么叫馋，足见其诱人。大冬天的若是找不到梨，退而求其次，浇在切细的白菜芯上就成了榅桲白菜，味道也很不错。一般来讲，榅桲指的是这种做法做成的吃食，而不是指原料，所以并没有所谓“炒”榅桲一说，也没有熬榅桲或煮榅桲。

另有一种说法，榅桲是一种类似山楂或红果儿的果实，个头儿比红果儿小，有浓郁的异香，果皮有筋骨，吸吮了富含汁水的果肉后，那果皮还得嚼一嚼才能咽下。据说当初在老北京东安市场里可以轻易买到那种榅桲。可我请教了几位京城名厨，结果谁也没见过。

西北地区确实出产一种叫榅桲的果子，长得像梨，就算熟透了也是涩硬的，可以让人有机会品尝到苹果和梨最原始的味道。在植物学上，有单独的榅桲属榅桲种，并不归于有两百多个种的山楂属。或许那传说中樱桃大小的榅桲在植物学上只是山楂属大家族中的某一种，当初被一部分人约定俗成叫成了榅桲吧？

海　棠

冻海棠

从前的四合院里讲究栽上两棵海棠树，据说是象征着兄弟间的和睦。海棠品种繁多，什么垂丝海棠、木瓜海棠、贴梗海棠等，而尤以西府海棠最为艳丽养眼。春天，油润的绿叶间一簇簇粉白的花球缀满枝头，满院子的春光也浸着清香。海棠美艳，但不庸俗。在《红楼梦》里薛宝钗说是“胭脂洗出来的”，到了林妹妹嘴里又“借了梅花一缕魂”。

春天的海棠赏花。含苞时点点深红，花开后颜色淡红，即便是要谢了，也如“隔宿粉妆”，依然有韵味。秋后的海棠看果。时光让满树圆溜溜的小果子由青变黄，又渐渐染上了一抹红晕。天凉了，果子也成了通红的小灯笼，一串一串地垂挂在枝杈间。仔细观察，小红灯笼上还真有八条淡淡的棱子，透着骨力劲儿。

海棠果好看，但若真打下几颗尝尝，却未见得好吃，咬起来艮硬，酸里还带些苦涩。所以海棠熟了通常并不急着摘，而是索性等它完全熟得发紫，噼里啪啦掉在地面上，落得一片海棠红，再捡起来装进藤筐放在院犄角儿存着。

海棠耐放，一直等到天入了九，西北风一呲晾，紫红的果皮上就会挂了一层淡淡的白霜，果子里面已经变成了瓷瓷实实的冰疙瘩。这就是著名的冻海棠。经过这么一冻，海棠的苦涩全无，还凝练出了独特的果香。老北京的干果铺里一到冬天就少不了冻海棠，而且还把它和炒得焦香的半空儿花生、冻得邦邦硬的大柿子一起趣称为“岁寒三友”。

要想吃冻海棠，自然不能直接上嘴啃，那弄不好会把门牙给锛了。冻海棠是要先放进清水里解冻才能吃的，这个过程叫作“拔”。捧上一捧带把儿的冰疙瘩哗啦啦放进凉水盆，用不了多会儿，果子里的凉气就被拔了出来，冻出一个大冰坨儿，把那十几个海棠球粘连成一块玲珑剔透的红珊瑚。纤细的果把儿挓挲开，纵横交错，像是一件绝美的艺术品。继续再泡，冰渐渐融化，红珊瑚散落成颗颗晶莹璀璨的玛瑙垂珠儿，满盆红艳。

就这么捞一颗艳红透亮的果子，提拉着果把儿带着冰碴儿放进嘴里含着，感觉就是一颗砂糖做成的冰珠儿。略一使劲抻出果把儿，只剩下脆生的果肉，轻轻一抿，酸甜的凉汁直冲喉咙。再嘬嘬那颗滴溜圆的小果核，似乎蕴藏着不尽的滋味。嚼两三颗这样的果子，立马觉得透心儿凉，脑子也清醒了不少。这就是冻海棠的诱惑力，数九寒天里带给人们艳遇般的兴奋。春节盛宴之后要是能吃上这么几颗冻海棠，化油解腻不说，而且还能醒酒。

冻海棠也讲究颜值。所以要现拔现吃，吃多少拔多少。拔出来不吃放上一会儿，那果皮就黯淡无光，果肉也糊脓了，滋味自然逊色。

不过冻海棠也有热着吃的时候。使长筷子夹着一颗冻海棠放到炉火上用热气熏着，看那小冰疙瘩渐渐融化，发出吱啦吱啦的响声，渗出彤红的果汁儿。就那么热乎着放进嘴里，外层软熟，里层冰硬，任冷热酸甜在嘴里来一个翻江倒海，别是一番滋味在心头。

这么吃的大多是小孩子，与其说是为了吃，倒不如说是为了玩儿。他们自然无法理解树上的海棠为什么是苦涩的，那离他们已经很远了。

酸 枣

棘、酸枣面儿

碰到难办的事，人们常说棘手；克服重重困难，那叫披荆斩棘。看来，荆棘挺不招人待见。“荆”是指野地里疯长的荆条，古人用它编成鞭子抽打罪犯。“棘”通常指酸枣枝，北方土话也叫酸枣棵子。

酸枣棵子一般不太高，算不上乔木，可以也不能叫灌木，瘦枝细杈胡乱支棱开来，上面满是尖锐的木刺，稍不留神就能扎穿皮肉。北方农民家用它扎成篱笆墙防贼、防狼。在古时候，考场周围的墙上也特意插上这玩意儿，为的是防止考生传递作弊。就这么着，考场也叫成了“棘院”。

您别看它浑身是刺，但结出的果子是红的，果子的芯里也是红的。古人说“棘心赤，其刺外向”，用来比喻忠臣的品格。周代时，外朝左右都要栽上九棵酸枣树，号称“种九棘”，用来规范臣子的言行。可在民间，酸枣并没有这么高大上，往往让人联想起尖酸刻薄的女子。

没见谁特意种酸枣的，尽管小孩子们喜欢揪了吃，可要是当成水果卖，酸枣怕是不入流。选作绿植也根本轮不到它，就连田间地头偶尔露出一两株酸枣棵子，也常会被人刨了去。酸枣和杂草荆条丛莽而生，想要看只能到荒郊野外去。老舍文章里说北京的老城墙上长着红酸枣，不过我是没见到。东花市倒是有一棵号称酸枣王的老树，十几米高，两人抱不过来，树龄足有八百年，至今枝繁叶茂，堪称奇树。

芒种前后，北方的山野上会若隐若现飘着股甜香，一鼻子吸不到底，那就是酸枣花的气息。那碎米似的小黄花一阵风就吹散了，招来成群蜜蜂追逐着浮动的花雾，漫山遍野地鸣响。夏秋之际，青山苍翠，酸枣棵子融化在绿海里，没人注意到它。唯有初冬，寒风吹彻，百草枯黄，凸显出铁条似的酸枣棵子上镶嵌的艳红色小果颗，远远望去，蓬蓬簇簇如点点星火，染得荒山也不孤寂。“斐斐素华，离离朱实”，西晋傅玄的《枣赋》描绘出酸枣的神韵仅用了寥寥八个字。

新鲜的酸枣儿滴溜儿圆，看起来就透着机灵，招惹得小孩子们腮帮子泛酸，咽着口水爬坡摘了来嚼。酸枣太小，一颗一颗采着吃不够解气，索性捡块石头砸那酸枣棵子，玛瑙似的珠子刷拉拉洒落一片，让小孩子们撅着屁股满地找。捡够一把，吹吹浮土塞进嘴里，一通狂嚼。瞬时间，那尖锐的酸劲儿把眼睛鼻子嘴都拧到了一起，噗的一声啐出满嘴枣核儿，龇牙咧嘴的算是过足了瘾。解馋过瘾是要付出代价的，被又细又尖的酸枣刺撕破衣服扎破手自然是免不了的。

酸枣的果肉极单薄，一层皮里包着个大核，说起来其实没什么吃头，只能尝到些酸溜溜的味儿而已。不过，把鲜酸枣晒上几天，见那果皮已经干燥皱巴了，再洗净拍碎，用砂锅加上冰糖慢慢熬上个把钟头，过滤出棕红透亮的汁液，就是一杯酸枣汁。酸枣汁喝起来并不很酸，反倒有种独到的甘。这味道来自枣核里的那颗微扁的枣仁，那可是酸枣的精华，中医说它有宁心安神的功效。

酸枣另有一种有趣的吃法，就是做成酸枣面儿。冬天在屋外把干透的酸枣连皮带核轧碎，用箩筛出细面盛在簸箩上搬回屋里，放在窗户下的太阳里晒着，等到晒出糖分，就凝成了又潮又黏的大坨，看上去像黄土坷垃。吃的时候掰下一块用开水冲调，搅拌成稀糊，徐徐咽下，甜酸的枣香中带着股焦煳气。悬浊的细小颗粒在嗓子眼儿跳跃着，非但不涩，反倒觉得水滑软糯。一碗下肚，浑身通泰。

果子中或许唯有酸枣有这么个吃法吧？零落成泥碾作尘，别有一番滋味在心头。

枣

呱啦枣儿

《战国策》上记载，苏秦把燕国的优势概括为四个字，叫作“枣栗之利”。说是即使燕国的老百姓不耕作，靠着枣和栗子的收成，日子也能过得挺安稳。这么看来，北京这地方种枣的历史确实很长很长。

枣早谐音，听着吉利。北京人喜欢这种树。府右街有条胡同叫枣林大院，白纸坊有条街道叫枣林前街。就在它附近曾经赫赫有名的唐代古刹崇效寺，因为种植过上千株枣树，在清代又叫枣花寺。甜香的枣子深深铭刻在北京的记忆里。现在西单附近的一处院落里还有一棵古枣树，据说已经五百多岁了。

鲁迅有句名言说：“在我的后花园，可以看见墙外有两株树。一株是枣树，还有一株也是枣树。”其实，北京城里到处都能见着枣树。芒种时节，行走在东西城的胡同里，隐约间还能够闻到淡淡的桂花香。那自然不是桂花，而是枣树上一簇簇枣花，每个老院子里几乎都有。那优雅的清香不仅沁人心脾，也吸引着成群的蜜蜂飞过院墙采蜜传粉。

枣花凋谢，油绿的叶子下慢慢滋长出一颗颗清亮的小枣。枣树的枝叶也渐渐茂盛起来。夏景天，一张张浓绿的大伞如棚似盖般撑开，给四合院里的人们遮阳挡雨。秋风一来，串串拇指肚大的枣儿上泛出红色的斑点，枣快熟了。赶巧了掉下两颗，兴许正好砸在谁的脑门儿上。

枣儿也有七滋八味。光说甜就可以分成酥甜、酸甜、蜜甜、面甜、香甜……而且都是相当的甜。大概在还没有蔗糖的古代，枣就是人们最早的糖果吧？鲜枣的口感是脆的，脆又可以分为酥脆、湿脆、干脆、生脆……元代柳贯的《打枣谱》里仅枣的名称就记载了七十多个。北京人爱吃的一种叫脆枣儿，或者叫花红枣。

“八月十五枣上竿。”待到果实累累的时节，打枣、吃枣、玩枣，是全院子一年一度的节日。大人们高举着长杆子摇打着，半大小子干脆上房攀扯着枝丫不停地晃。晶莹的小枣洒落下来如阵阵枣雨，真个是大珠小珠落满院。小孩子趴在地上捡起颗颗玛瑙。啪啦的打枣声里，人也笑了，树也笑了，院子里的空气也跟着笑了。

鲜枣吃起来又甜又脆。不过，吃多了容易闹肚子。讲究的人家甚至会削了皮吃，感觉特精细。不过，最好的吃法是晾干之后用清水煮，什么也不加，就那么慢慢地煮着。煮上一会儿，水上会出现一层雪白的浮沫。用勺子撇干净，继续再煮。直到水将要熬干，绛红色的枣子像是裹了层透亮的蜜液。只有吃上一颗这样的枣子，才能知道枣儿可以甜得令人如醉如痴。

还有一种复杂的吃法叫“呱啦枣儿”，就是用冲子把枣核穿出去，中间留下一个窟窿，然后烘烤得干酥甜脆，带着一种特有的焦香。这大概就是《本草纲目》上说的“以干枣去核，缓火逼燥”吧？呱啦枣儿一般都是买了来吃，花不了几个钱就能买上一小袋子。摇一摇，“呱啦呱啦”的响，那是甜蜜的声音。嚼起来无核无渣，最招小孩子喜欢。有那爱美的小妞子，用红线绳顺呱啦枣儿中间的窟窿串成项链套在脖子上，欢蹦乱跳走在胡同里，小风一吹“呱啦呱啦”响着，心里美不滋儿的。

若是把枣去皮去核，和上香油冰糖熬成枣泥，那就是许多北京点心和小吃的原料。无论是有钱人吃的酥皮点心还是最普通的清真小吃切糕，都离不了它。

枣树伴随着北京城的成长，枣香融在了北京人的日子里，千丝万缕，割舍不得。

菇蔫儿

酸浆、姑娘儿、洛神珠

一家很有名气的饭店邀请我和饮食文学作家欧阳应霁先生品尝新菜，开餐前先上水果，提子、草莓、火龙果、哈密瓜等，水灵灵的盛满一大盘子。我忽然看见其中散落着十来颗久违的小果子——葡萄粒大小，鹅黄色珠粒，比小金橘更加光亮细润。这难道不是菇蔫儿吗？我颇感意外捏起一颗含进嘴里，用牙齿撕摩它柔软的果囊。一股稠浆从果子底下的小孔溢了出来，清甜间带着酸奶油味儿，果浆里夹杂的细小的籽粒在齿缝间滑来绕去。没错儿，就是菇蔫儿！

欧阳先生是香港人，想必没尝过这种北方郊野里的果子，一边津津有味品尝着，一边询问这是什么。"哈哈，这叫菇蔫儿，也可以写成小姑娘的'姑娘儿'。这在东北是非常普通的果子，小孩子把它含在嘴里当泡泡糖嚼玩儿。现在北京的早市上也见有卖的。只不过进了大酒店剥了外表那层天然包装纸似的护皮，看起来和市场上不太一样了。"这么给欧阳先生介绍着，我的脑海里浮现出了一个个三棱形的土白色小灯笼。

记得还是小学上植物课，在天坛公园的灌木丛里见到过它自然生长的状态。那应该是一串串倒锥形的小口袋，薄如蝉翼，点缀在不高的植株间。口袋里含着颗圆溜溜的黄珠子，让人联想起玲珑塔上的风铃。老师说它叫“酸浆”。罩在外面那三片纤维状的外衣，植物学上叫囊状花萼。当时并不知道这果子能吃，更不知道它俗名叫“菇蔫儿”。只是摘了两三颗回家当玩意儿，捏鼓来捏鼓去的，手感特别好，从挺实的小铁疙瘩揉到富有弹性的胶皮球儿，最后变成一个蔫皮做成的薄膜胶囊，要破不破的样子。

后来有位东北同事从老家带来了一口袋这种果子，请大家尝尝土特产。那些青黄的果颗外面个个都长着一层丝网般的软纱。从她嘴里才知道在东北把这叫“姑娘儿”，田间道边的草丛里就有，自家的房前屋后也能种。要是买，也花不了几个钱。

更有意思的是，姑娘儿还分好几种。黄颜色的叫洋姑娘儿，咂摸起来跟酸奶似的。小孩子们是连吃带玩儿。先用手把它揉捻蔫了，从底下的小孔挤出果肉吃了，之后留个空囊，孔口朝外用嘴一嘬，那果囊就在嘴里鼓了起来，再用上下牙使劲一硌，就发出“啪”的一声响。吃这玩意儿的乐趣就是比谁咬的声儿更响亮。另有一种红颜色的叫苦姑娘儿，个头儿小，吃起来酸中带苦。常常是深秋的时候采了来，用针线穿成一串串的小红灯笼挂在屋子当装饰，一直能挂进腊月。还有一种叫大鼻子姑娘儿的，吃多了能让人犯迷糊……“姑娘儿”，一种多俏皮的果子。

带着好奇，我想查查到底是哪几个字？这一查不得了，原来这么个不起眼的小果子竟然有十几个名字！学名叫作酸浆，俗称菇蔫儿、姑娘儿、菇孃儿、菇茑。另外，洛神珠、金灯果、挂金灯、沙灯笼、灯笼草指的也是它，甚至还可以叫泡泡草、炮仗果、狗屎果……真是妙趣横生。我琢磨来琢磨去，觉得似乎应写成“鼓蔫儿”更合适，因为按照小孩子的吃法，它就是一会儿鼓一会儿蔫的。不过没见文献上有这么写的，姑且就从众写成“菇蔫儿”吧！

菇蔫儿从前很微贱，都进不了一般的水果店，如今却也端上了高端餐厅的台面。就像马齿苋、鱼腥草之类的野菜被冠以养生之名后摇身一变登堂入室，而很多曾经很牛的果子，反倒沦落成了摊儿货。看来果儿本无高低贵贱，只是随着时光轮回。

梨

宗果、鸭梨、京白梨、冻梨、烟台梨

北方的水果，最普通的要数瓜、果、梨、桃，而其中又以梨的种类最多。什么鸭梨、蜜梨、油梨、酥梨、京白梨、红霄梨、长把梨、搓子梨……随便就能说出二三十种，形态各异，色彩斑斓，青、黄、红、紫绝不重样儿。从三皇五帝的时候，梨就成了百果之宗，古人称作“宗果”。

北京市场上常见的梨以鸭梨最为大众化。头小大屁股，圆润光滑，富于流畅的曲线美，人们用它命名了经典的“梨形”，可以用来形容某种宝石的形状，也可以形容人的体态。熟透的鸭梨呈淡黄色，像一颗大清油滴。嚼起来爽甜清脆，沙沙粒粒的果肉酥脆甘洌，赛过喝上一杯清凉的矿泉水。鸭梨很便宜，秋风下来的时候再节俭的人家也会买上几个鸭梨解馋。老辈人说，这果子能润肺养人。

代表北京的梨还不是鸭梨，而是京白梨。京白梨滴溜儿圆，精薄的皮鹅黄色，上面布满密匝匝的小斑点。别看它个头儿不大，但肉质细软，汁水充盈，吃到最后嘴里也找不到半点梨渣，只剩下一颗略带酸头儿的小梨核。京白梨的气味浓香独具，沁人心脾，咀嚼起来更是齿颊留芳，从前也叫它香水梨。

相传，这种梨的祖宗在门头沟东山村，是四百多年前由一棵野生梨树培育演化来的。正因为品质纯正地道，果形干净漂亮，有幸成了唯一以“京”字命名的水果。京白梨曾经和鸭梨一样卖得稀烂贱，从前大伙儿也没把它当成宝贝。或许是因为它不耐存，又不容易引种到外地吧？不知不觉间一下子销声匿迹十多年。谁承想再冒出来时竟然是几十元、近百元一斤的天价，真是物以稀为贵。

京白梨属楸子梨中的一种，东北也有楸子梨，有意思的是东北人吃楸子梨最好的方式不是吃鲜的，而是吃冻的。

只有橘子大小的楸子梨冻了之后变成又黑又圆、光溜棒硬的小铁蛋，这就成了著名的“冻梨”。猫冬的时候一家人吃过晚饭，用凉水泡上半盆冻梨，一边等它慢慢融化一边唠嗑。过上阵子捞出来，梨的表面就裹上了一层晶莹的冰壳儿。“咔嚓”一声掰开，一个黑不溜秋的梨球儿蹦了出来。别瞧它外表寒碜，里头的果肉却精白爽亮。一口啃下去，酸酸甜甜的汁液渗着凉气游走全身，不但解腻而且醒脑，带给人东北特有的爽快。

好吃的梨也有大个儿的。比如我最中意的烟台梨，一个足有半斤多，看上去像个大葫芦，有人也叫它葫芦梨。烟台梨长相古怪粗笨，外表突兀不平，但熟透之后绵润至极，轻轻一捏娇黄的梨皮，能陷下去一个深坑。不留神掉在地上，能化成一摊蜜水。烟台梨皮糙肉实，如膏似乳，醇厚绵长，那与众不同的滋味只要尝上一次，就一生也不会忘。

梨为什么叫梨？恐怕谁也说不清。可就因为这个名字，让这种普通的水果肩负了许多情感上的寓意。照老礼，梨不能分着吃，因为梨离谐音，分梨难免让人想起“分离”之苦。在四合院里也见不到梨树，家怎么可以“离”得了呢？春风来时，若是想看梨花雪香凝树的景致，只能去京郊的山野。梨一般也不作为礼物赠送给亲戚朋友，离别之意让人断肠，不提也罢，除非是去看病人，因为那就又讨了“离病”的吉利话……人嘛，总会无意间受到心理暗示，现代人不必较真，尊重就是了。

其实，梨只是梨，一种普通水果而已，哪有什么特别？只因当时的情景当时的感触，所以变得断肠销魂罢了。

福

柿　子

火晶、磨盘柿、大盖柿、富有

照理说，加官晋爵是给予人的待遇，哪有给水果封头衔的？可这奇葩事历史上还真就有过。

明朝有本书叫《在田录》，记载着朱元璋没得势的时候路过一个遭兵火洗劫的小村子，两天没吃东西的他饿得两腿打颤，举目四望不见人家，只有断壁残垣。正悲叹间，忽然发现一棵柿子树，经霜的柿子红得正透，于是爬树摘下柿子狂吞一气。这回总算饱了！不由得惆怅良久……多少年后，踌躇满志的朱皇帝又路过这儿，见那棵树竟然还在。他赶紧翻身下马，把从前的事讲给左右听，还亲手给柿子树披上一件大红袍，给它封了个“凌霜侯”。

朱皇帝这么做是为了做秀给左右看呢，还是真被自己的经历所感动呢？不得而知。但普普通通的柿子树却因此享受了封爵的待遇，得以区别于其他果木。

柿树本是野果木，和黑枣树嫁接之后就能长出好吃的柿子。不过大部分未经霜冻的柿子是涩的，谁要是摘下来直接啃上一口，会从舌头涩到腮帮子。柿子脱涩的过程叫作“漤”，漤过之后汁甜如蜜。或许正是因为这特有的涩，让它对虫害有天然的免疫力。加之果木坚韧皮实，栽植起来并不费事，因此不论城市还是乡村都喜欢种柿子。霜降一过，抬眼望去，满树枝条间就悬垂着一个个橙红色的宝盒。

据说柿子品种有上千个，像河南渑池的牛心柿、山东菏泽的镜面柿、河北平山的莲花柿等都很出名。在众多柿子当中，陕西临潼的“火晶”可谓别具一格。虽说不大，却红彤彤如火焰，晶晶莹似水晶，格外养眼。熟透了的火晶皮特别薄，吃的时候用指甲划个小口子，轻轻一撕，一张薄膜就完整地揭了下来。艳红的果肉颤巍巍像个没煮透的鸡蛋黄儿，一口吞下，满嘴甘饴。要问这火晶有多甜？听听柿子堆上的嗡嗡声就知道了，那是成群的蜜蜂盘绕不去。

和火晶风格迥异的是北京产的磨盘柿，也叫大盖柿。大盖柿上下两层，像是长了个厚实的大盖子，透出雍容华贵的富态相，历来都是人们眼里代表“事事平安”的吉祥果子。京城里栽种的果树并不多，最常见的就是这种长着大盖柿的柿子树，街道两侧和一些院子里都能见得着。记得从前住大杂院，一进腊月，家家户户窗台外头都会摆一大溜儿大盖柿，冻得邦邦硬。吃之前洗去灰尘放在凉水里拔，柿子外面很快就析出一层透亮的冰壳儿，里面的汁液不声不响渐渐融化开。就那么带着冰壳儿装进小瓷碗里，拔开深褐色的柿子蒂，用小勺伸进去，舀出里头带着冰碴子的蜜汁儿吸溜一口，甜过蜜，透心凉。再嚼上一个退化了的小舌头似的果核儿，咯吱咯吱响。什么叫“甘清玉露，味重金液”？我想就是吃大盖柿的感觉。北京人把它叫“喝了蜜”的大柿子，以至于小孩子玩游戏分拨儿的仪式也是伸出手心或手背，同时高喊:“单背儿我喝——蜜！”

湖北罗田偏僻的山谷中有一个叫錾字石的小村子，那出产的柿子堪称奇品，不仅肉甜脆嫩，而且在树上自然脱涩，摘下来就能直接吃。当年日本鬼子来到此地，竟把这种柿子引种到日本，经过多年研究，培育出了果形扁圆、果皮橙红如蜜蜡、果肉松脆细腻的日本甜柿，取名“富有”。后来又发展出了次郎、伊豆、甘秋、贵秋等十来个品种。日本甜柿不用漤就能连皮吃，而且像苹果一样嘎嘣脆，怎么放都不会变软。据说这种柿子论个儿卖，当然价格不菲。

这几年，国内很多地方开始引种日本甜柿用以增加收入。一颗致富的柿子，人们已尝不出涩。

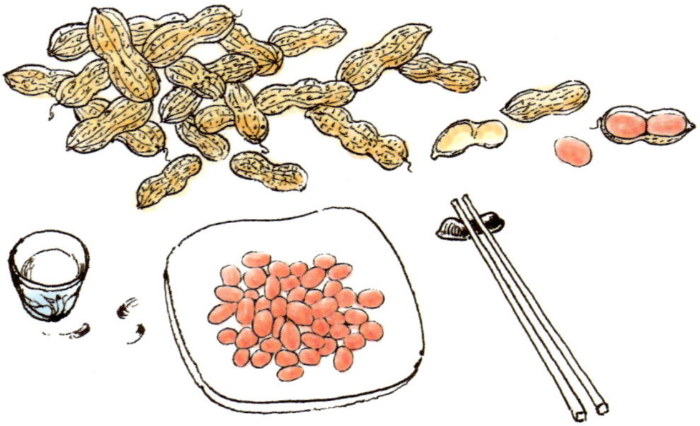

花　生

半空儿、落花生

过春节去亲戚家拜年，见桌子上的小竹笸里竟然盛满了半空儿，不由得顺手捏起一颗，“啪”的一声捏裂了薄皮，倒出两粒小巧的果仁儿，扔进嘴里细细嚼来，满口久违的甘香。

所谓“半空儿”，在北京话里特指用沙子炒得焦熟的带壳儿花生。只不过这种花生看起来并不饱满，而是瘦小枯干，颜色也透着黯淡，或许是榨油用的花生米挑剩的下脚料。摇一摇，哗啦哗啦响，里面一半是空的，由此得了这么个挺形象的“雅号”。

别瞧半空儿里的花生仁儿皱皱巴巴的，却有着很多意想不到的好处。首先当然是便宜，花不了几个钱就能买上一大盆，透着丰盛。穷苦人家用它来哄孩子，真是再划算不过了。对于那些没什么玩具的孩子们来说，堆成小山似的半空儿不仅能过足眼瘾，还可以扒拉来扒拉去地“寻宝”，甚至当成互相砍着玩儿的武器。再者说，因为少了油性，这东西无论吃多少也不觉得撑，无论怎么吃也不觉得腻。那带着豆腥气的焦香，勾引得人永远停不下伸过去的手，因此也就成了京城里大人孩子们消磨时光最爱的零嘴儿。

过节过年的时候，一家人围坐在桌前一边海聊着一边“咔吧咔吧”剥着成堆的“半空儿”，与其说是为了吃，倒不如说是一种娱乐方式。而那“半空儿，多给……”的叫卖声，也就成了早先九腔十八调的吆喝中一组极具诱惑力的音符，回荡在四九城的深处。以至于在胡同里长大的林海音女士到了台湾很多年之后，依然记挂着半空儿，并把它写进书里。

很长一段时间，半空儿在市面上消失了。偶尔在农贸市场上见到一麻袋，转眼就被抢购一空。那些买主大多是些老北京，也许不是为图便宜，更多的是追忆那酥脆里的念想——几颗干瘪的花生，谈不上精细，只因当初贫乏，所以也曾销魂吧？

花生，花生，意思是由花落地而生，所以也叫落花生。一般人想不到，花生并非中国土生土长，而是来自遥远南美的玻利维亚或者巴西。那儿的人早在公元前两千年就已经开始栽种花生，传进中国则是明朝中晚期的事。更让人想不到的是，中国第一次记载花生的文献并不是什么农学著作或诗词歌赋，而是世情小说《金瓶梅》。据说花生不开“空花”，每一朵花都能落地生果。看来那朵南美的神秘之花一进中国就立刻钻到土里，接上地气儿，生出了适应中国人胃口的果实。中国人对美食总是充满了无限的创造力，花生的吃法自然比南美丰富得多。或煮，或炸，或炒，或烘……甚至可以腌制成咸鲜别致的小酱菜，口味可谓一果百变。

油炸花生米可能是最经典的花生吃法。剥出圆滚滚的花生米用极弱之火慢工细炸，待到吱吱作响时捞出控干，撒上细盐晾凉，嚼起来酥香油润。花不了几个钱，就能享受上一盘可口的下酒菜，称得上是最简单的奢侈品，不光家宴上少不了，更是酒铺里小酌的首选。

不爱油腻的人可以吃煮花生。有意思的是，原本油润的花生，加上花椒、大料放在盐水里煮熟之后，却再也瞧不见半点油星，口味也变得更鲜。

至于现在常见的五香花生米，早先是煮到半熟后晾干了再用细沙炒酥的，后来用上了烘烤技术。吃的时候抓上十几颗攥在手里轻轻一搓，薄脆的花生衣立马脱落，吸口气使劲儿一吹，红絮飞扬，手心上托着的是满把白白胖胖的花生米。一把塞进嘴里大嚼——能把人香一跟头！印象中，改革开放初期最早一批个体商贩里有不少就是靠在街边卖这个起家的，它代表着上世纪八十年代初市场经济的萌芽。

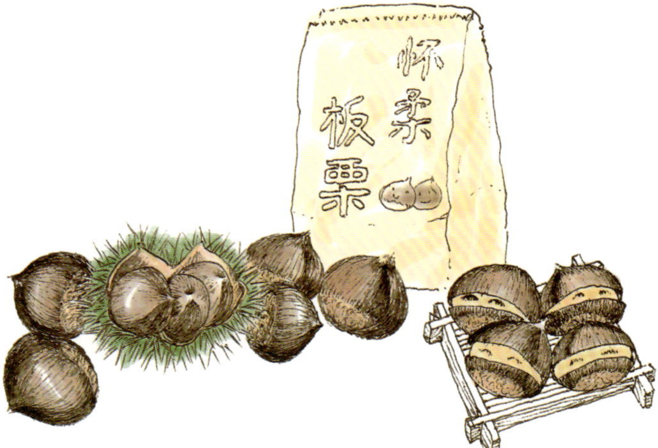
怀柔
板栗

栗　子

风栗子

现如今，要排大队才能买到的吃食实在不多见。不像从前短缺经济时代，为了买几斤冻带鱼能站在菜市场门前排一上午。

然而，事有例外。秋冬时节，北京街头的寒风里，您常会看见一些摊位前排着二三十人的长队。大伙儿时而缩手缩脚，时而翘首观望，他们等的是现出锅的糖炒栗子。北京人就好这口儿。

栗子这玩意儿真有意思，长在树上毛茸茸的，像个嫩绿的小刺猬。成熟之后也不用摘，掉落树下一大片。捡起来拨开果苞，就是一颗挨着一颗棕红油亮的栗子，紫檀珠子似的。从前的栗子讲究吃良乡的，近十来年出名的当属怀柔油栗，个小而肉香。

鲜栗子剥壳去皮可以生吃，肉嫩浆浓，果鲜醇甘。要能在凉风里晾上几天，晾到果肉柔韧发皱，就成了风栗子，吃起来更有嚼劲，也更香甜。那是《红楼梦》里袭人向宝玉讨要过的甜品。

栗子原本不算什么稀罕东西，古时候饥荒的年月，人们把它当作粮食。可曹雪芹写过栗子，梁实秋写过栗子，汪曾祺写过栗子，张爱玲也写过栗子。看来在文人的眼睛里，小小的栗子壳里包含着特有的暖意。

栗子当然可以熟吃，用风栗子炖鸡就成了栗子鸡，焖肉就成了栗子肉。把栗子壳上划上一刀，加花椒、大料放进盐水里煮熟，就是一盘不错的下酒菜。煮栗子也可以用糖桂花，那又成了小孩子爱吃的零嘴儿。据说在老东安市场的西餐厅里还真有过用奶油栗子粉和糖葫芦球儿做成的甜品，中间一罐乳黄的栗子粉，浇上淡奶油周围一圈鲜红的琥珀球。遗憾的是这种甜点已经消失多年了。

不过，在北京人看来，栗子最地道的吃法既不是生吃也不是煮熟了吃，而是自家没法做的糖炒栗子。似乎只有把带壳的栗子放进大铁锅里用黝黑的砂石“刷拉刷拉”彻底翻炒，直炒得一颗颗棕红色壳里的空气滚烫爆胀，在混合着滚滚白气和阵阵焦香的热烈气氛中“啪”的一声炸裂开来，才不辜负了这甘香的栗子。从前是在胡同口架上柴锅用铁锹翻炒，现在是在商亭里一排两三口自动搅拌锅。别看炒栗子的家伙什儿变了，可人们的热情丝毫没变。为了吃上这口热乎的栗子，排队那自然是心甘情愿的事。

地安门十字路口有家卖栗子的摊位，那队排了十来年，可算得上是京城一景。您要想尝上一包现炒的栗子，等上个把钟头只是寻常。我还曾经见过特意大老远从方庄挤公交车来买栗子的老太太，颤巍巍抱着装满栗子的牛皮纸袋，向默许她加塞儿的人们表示谢意，如愿以偿的表情充满了幸福。

地安门离北海和什刹海都不远。冬景天，人们乐于捧着一纸袋热乎乎的栗子去冰面上玩儿，或是一边嚼着栗子一边踏着残雪沿着堤岸转悠，享受着透过干枯柳枝洒下来的一缕冬日暖阳。

或许人们喜欢滚烫的糖炒栗子并不全在于它甜腻厚实的味道，更图的是手里捧着牛皮纸袋那种暖烘烘的感受吧？这种温暖是实实在在的，像是捧着一个热乎乎的生命，让人觉得踏实。而且，得到这份温暖并不昂贵，稍需花上几块钱就可以，只不过要耐着性子等待上很久。

榛　子

水漏儿

俗话说“十榛九空”，一语双关。字面上是说榛子打开果壳之后里面很可能没有果仁。另外隐含的意思，是说一个人不够实在，虚头巴脑的。明代冯梦龙整理的民间小调《挂枝儿》里就有这么一段:“孛桃儿，两眼双垂泪。樱桃口，骂一声你是薄幸贼。吃橄榄竟不想回头味，学水梨心肠冷。我莲心苦自知。你做了十榛九空似这样虚头也。恨不得胡桃般就打碎了你。”听起来蛮俏皮的。

可能正因为十个榛子九个空，那颗好不容易找出来的不空的榛子就显得格外好吃。很多人发愁怎么一下子把它挑选出来，要是一颗一颗砸开，还真挺费劲。其实要想知道空不空倒也不难，只要把榛子倒进清水里等一等，漂在水面上的就是空的，沉入水底的就有饱满的榛子仁。在东北，这样挑出来的榛子有个名号，叫“水漏儿”。水漏儿炒的时候果壳儿会自然崩裂。两手各抓一把对着敲打敲打，果仁儿就会“噼里啪啦”掉落出来，个个饱满，外面裹着一层薄薄的棕色果衣。用手略微一撮，再“噗”地吹上口气，手心里就是一把凝脂似的果仁了。扔进嘴里一嚼，有点儿甜，可又没栗子噎人；有点儿油，可又没松子腻；还略微带着丝奇特的烘烤香。要是用油炸过或是炒透了，那可就更好吃了，奇香能陡增几十倍，显得细腻而深邃。

大概就是因为这种奇妙的香气，再加上得来不易，让这小坚果自古就成为高大上的食品。在周代，它不仅是国君的特供，而且专门用来供奉祭祀。《周礼·笾人》上有“馈食之笾，其实榛”，就是说祭祀时装食物的竹筐里盛满了榛子，当然都是剥出来的榛子仁。看来那个时候的人非常看重这小坚果。

中国人从什么时候开始吃榛子不好说，反正在新石器时期的半坡遗址里就发现了大把剥开的榛子壳，甚至还有已经炭化了的榛子仁。算起来怎么也有五六千年了吧？到了《诗经》的时代，更是到处有榛子。《邶风》里有“山有榛，隰有苓”。《鄘风》里有“树之榛栗，椅桐梓漆”。《曹风》里说“鸤鸠在桑，其子在榛”……看来那个时候黄河流域和淮河流域到处都有榛子树。

说来也怪，这么好的果子又吃了那么些年，可树却一直都是野生的。很少看见果园里栽培榛子树。后来华北一带人稠地窄，野生的榛子树就更不多见了，倒是东北的山林里成了榛子的圣地，以至于很多人以为榛子是东北的土特产呢。

到了清代，榛子自然身价倍增，成了响当当的宫廷食品，不光是作为香脆的干果吃，而且成了御膳房的配菜。清宫御膳里有一道名菜叫炒榛子酱，就是用东北人爱吃的大酱来炒东北特产的榛子仁再加上瘦肉丁。榛子当然是得用从东北进贡的。就为这，在辽宁还专门设了个“御榛园”，算是有了专门种榛子的园子。

进了宫的野果子不仅下得了厨房，而且进了诗文，填进酒令。《红楼梦》大观园里红香圃内，宝玉答不上湘云的雅令，黛玉帮他的时候，就说了一句“榛子非关隔院砧，何来万户捣衣声？”还甭说，在曹雪芹的祖籍辽宁铁岭还真有一个原来叫“砧子岭”的地方，后来因为出产的榛子多品质好，改名叫了榛子岭。

不过做巧克力和冰激凌的榛子可不是上面说的这种榛子，做巧克力的榛子大部分产自横跨欧亚大陆的土耳其。榛子在土耳其被视为国宝，人工栽培的历史已经上千年了。

核　桃

核桃蘸、核桃酪

大凡果子，无论是水果还是干果，通常是用来吃的，当然也可以闻香、观形，一般不会放在手里把玩。不过，核桃却是个例外。核桃不仅是好吃的干果，或烤，或炒，或磨浆，或凉拌，乃至当作加工点心的细料，都味道绝美。更绝的是，还可以攥上一对核桃在手里来回来去揉着玩儿。

记得小时候院子里有棵不很粗的核桃树，清白的树干，宽大的叶子，进了伏天，能遮起小半个院子的花荫凉儿。抬头观看，长长的绿枝下早已坠上了不少带着白麻点的青果子。至于什么时候开的花，那花又是什么样子，可就记不真切了。只记得有时候举起长竿子打落几颗青绿的圆果子，用铅笔刀切开青皮想看看里头的核桃到底长多大了。结果把手染得棕黑，好几天洗不干净。听说那层青皮有毒，于是和几个小伙伴一起用它提取了毒液泡小虫子……

白露时节打核桃。打下来一筐在院子里放上几天，本已裂开的青皮渐渐发蔫离骨，轻轻一拨，就叽里咕噜滚出来一颗玲珑剔透的核桃，跟黄杨木雕的似的。这是一件愉快的工作。眼见剥出大大小小的核桃攒出一小盆，一颗一颗铜铸似的硬壳上用甲骨文刻着天书，让人觉得特有成就感。

想吃核桃，用锤子砸开是最常见的方法。不过掌握不好分寸一锤子下去果壳就粉身碎骨了，取出来的核桃仁儿往往七零八落没个整齐劲儿。男孩子们喜欢的方式似乎更为聪明，就是把核桃夹在门犄角的位置上，关门挤压，只听“嘎嘣”一声，果壳碎裂，然后小心翼翼剥出两瓣完整的果仁儿来。就这么剥着，期待着，琢磨着那果仁上沟壑盘曲间记载的天与地的对话，不由让人联想起神秘的大脑。根据中医象形相补的理论，吃核桃一定补脑。

生吃核桃有些发涩。喷上淡盐水烘烤得沙沙作响，晾凉之后再嚼，满口略带微麻的浓香直冲脑腔。这当然不能算讲究的吃法。吃核桃讲究要做成核桃蘸。相声《报菜名》里不是有那么一句吗？“四干、四鲜、四蜜饯、四冷荤，三个甜碗四点心。四干：黑瓜子、白瓜子、核桃蘸子、糖杏仁儿……”这里说的核桃蘸子就是核桃蘸，算得上传统宴席上精美的餐前开胃细点。把核桃仁用糖盐水熬成琥珀色，下到凉油里用微火慢慢炸出清脆的声响，捞出来裹上层雪白的熟芝麻，咬上一颗，外面醇香里面酥脆。小小一颗干果，足以体味什么叫甘美。更讲究的吃法还有核桃酪，是用去了果衣的核桃肉和糯米、大枣一起研磨成浆烹制而成的一款甜汤，细腻里裹着扑鼻的核桃香，精致得让人不忍一下子咽进喉咙。京城名店玉华台一直把它当作看家细点。

那些品相端庄或是长得精灵古怪的核桃自然舍不得吃，于是挑选出来学着老头儿在手里盘。把玩个三年五载，核桃变得光滑红润，像是涂了一层厚厚的蜜蜡，现在大伙儿把这叫“包浆”。

另有那种专门用来把玩的山核桃，长相千变万化，有的瘦骨嶙峋，有的雍容华贵。在贩夫走卒手里是锻炼手劲的铁核桃，到了文人雅士手上讲究个形正、皮厚、纹深、色纯，就成了脂润欲滴的文玩。

近几年不知为什么，盘核桃之风骤然兴起。秋冬之际，专卖文玩的官园市场里几乎每个铺位前都泡着一大盆青黑色的大核桃。什么狮子头、虎头、官帽、鸡心等备受追捧，价格当然也是一路飙升。不过很多人未必是想体会什么“单掌托日月，一语定乾坤”的感觉，而是直接奔着投资增值去了，结果往往炒得是一对核桃比一棵核桃树还要贵。

松　子

三清茶

我打小儿在紫禁城边的南池子长大，太庙的古柏苍松下就是我儿时的乐园。直到现在，还依稀记得大殿旁弥漫着的独特松香味，以及落日西斜时穿过簇簇松针洒在地上的金色纱网。忽而，涛声阵阵，风要来了，青苍老结的树干岿然不动，蓊蓊郁郁的华盖荡起一片绿浪。“啪嗒啪嗒”，那当然不是水花声，而是几颗鸡蛋大小的松塔应声落地。我曾很想从松塔里找到一两枚松子，遗憾的是，从来没见过。

一直以为松子是冰雪凝成的精灵。它是东北特产的山珍，老家在长白山绵亘千里的红松林。想那松子必是难采，若是等到“空山松子落”，怕早就如万千雨滴洒落泥土，找也找不见。据说古时候采松子的办法是把整棵松树撂倒了再仔细翻找一颗颗松塔。到了乾隆年间，这种竭泽而渔的做法才被明令禁止。嘉庆皇帝甚至下过一道颇具环保意识的圣旨：“朕闻东三省每年所取松子、松塔，非将松树伐倒不能采取，若如此，竟将大树伐倒，不唯愈伐愈稀，尚与情理不合，实属可悯。将此著东三省将军总管，嗣后无论旗民采集松子、蜂蜜，务须设法上树，由枝取下，不准乱行伐树。”

打那时起，采集松塔就改用长杆上绑镰刀勾取，或是爬上树去摘松塔，再没有人伐树取果了。

松子金贵，可算是干果家族的精品。棕褐色的硬壳玉米豆大小，藏着一颗晶润细白的果粒，只要含上一颗，满嘴里都是松香气。北方人爱吃松子自不必说，可生吃，可烘烤，可配菜。据说清宫御膳的糕点和菜肴里也少不了用松子来增添芳腴之气。令人想不到的是，远在江南的苏州也产松子糖，融南方的饴糖之甜与北方的山林之香于一味，嚼起来香甜酥脆，芳韵悠长。想那松子必是当年顺大运河运过去的吧？大运河不仅运送漕粮，也沟通了南北的物产和习俗。

南北交融还有更雅致的吃法，那就是用松子泡茶。冲一杯绿茶，最好用龙井，加几粒乳白的松子，脂香里滋润了茶的清苦，茶水中融入了松的幽深，啜饮一口，犹如轻嗅空谷幽兰，高山流水之气回荡胸间。台湾作家林清玄先生言道："那种感觉就像是在遍地的绿草中突然开起优雅的小花，并且闻到那花的香气。"若是再加上梅花、佛手，就成了当年御华宫里康熙和群臣共饮的三清茶了。

很多地方的人都爱吃松子。号称美洲最大的土著民族之一的纳瓦霍人就有采集矮松上的松子的传统。他们会用特制的炉灶把松子加上盐烤酥了吃，今天他们又把松子加工成非常抢手的特色商品销往全世界。在欧洲，著名的意大利面里也少不了松子。把生松子和鲜马郁兰叶一起加上橄榄油调成汁，浇淋在煮熟的压花圆麦片上，一道美味充满着自然之气。

说来是想不到的事，我第一次见到长在松塔里的松子不是在中国，而是在意大利首都罗马。清晨，我在客栈的后花园散步，忽见地上散落的几颗巨型松塔。那可真称得上是“塔”呀！足足有张开的手掌大小，片片鳞叶伸张着，棱角分明如焊接的铁条，层层叠叠，错落有致，俨然一件天造地雕的艺术品。就在鳞叶的缝隙里，竟镶嵌着几颗修长的松子，铁楔子一般，那是来自铁器时代的种子。

抬头看松，瘦骨嶙峋，挺入高天，绿顶如云。隐约间，耳边响起一段旋律：忽而是活泼的快板把人引入孩子们的舞蹈；忽而随着低沉的旋律置身于松荫里空寂苍凉的气氛；忽而沐浴着行云流水般的钢琴华彩，仿佛看到山谷间摇曳不定的松影；忽而踏着进行曲的节奏行走在晨雾的大道上，聆听来自古罗马的声音——啊！那是《罗马之松》，雷斯庇基的美妙交响诗。

瓜　子

葵瓜子、鬼牵手、毛嗑儿

现在所说的休闲食品，在早叫作零嘴儿。

零嘴儿算不上小吃，只不过是用来磨牙消遣，或者叫吃着玩儿的。最普通的零嘴儿当属瓜子。有意思的是，如果单说瓜子，却是特指葵瓜子，与瓜毫无瓜葛。真正来源于瓜的西瓜籽、南瓜籽，则被分称为黑瓜子、白瓜子。

瓜子不贵，吃着上瘾，怎么吃也不腻。更重要的是，嗑瓜子的过程充满了情趣。拇指和食指掐着它带斑马纹的圆肚子，上下门牙轻轻一硌那小尖嘴，“咔”一声脆响，两瓣果壳左右绽裂，一粒喷香的果粒弹进嘴里。咀嚼几下，咸、甜、香、酥，琢磨不定，还没来得及过瘾，细碎的果肉已在牙缝之间没了踪影，不由得下意识伸手再捏起一颗……如此循环往复，其乐不尽。不知不觉间，手边的瓜子皮就堆起一座小山了。要不怎么有人把它叫“鬼牵手”呢！

吃瓜子是饱不了的。尽可以放心大胆地嗑上两三个钟头，也没有吃撑的时候。不是有那么句话吗？“瓜子儿不饱是人心。”大概这正是瓜子长盛不衰的魅力所在。要是赶上向日葵成熟的时节，捧着个排满密密麻麻鲜瓜子的大花盘，从上面拔出一颗嗑一颗，那真是一件再快乐不过的事。

短缺经济时代，北京人过春节熬夜，许多人家共同的乐趣就是嗑瓜子。在副食本上配给的年货里每人享用最多的也是瓜子。到副食店排大队把那几斤瓜子抱回家来，香喷喷炒出一大锅，任凭大雪封门，一家老小围着火炉嗑着，聊着，那“咔吧咔吧”的声响伴随着屋外鞭炮的噼啪声，就是生活的和弦。天亮之时，地上已经覆盖了两三层厚厚的瓜子皮。熬不住的孩子们早就攥着猜丁壳赢来的瓜子悄然睡去，大人们则起身穿上棉袄准备出门拜年，踩得满地皮子哗哗作响。

最爱嗑瓜子的地方大概要属东北了。在东北，瓜子是非常普通的大路货，人们打小儿就喜欢嗑。您要是见到哪个妹子门齿的下缘有一个明显的凹槽，她八成就是东北姑娘。那凹槽是从小儿嗑瓜子磨出来的，还专门有个雅号叫“瓜子牙”。不过东北人并不把葵瓜子叫瓜子，而是称为“毛嗑儿”。有人说这是因为新鲜的葵瓜子上有层白密的毫毛。更多的人则觉得嗑这东西是受到被叫作老毛子的俄罗斯人影响，而俄罗斯的国花正是葵花。

葵花确是舶来品。不过它并不原产于俄罗斯，而是来自神奇的美洲。哥伦布发现新大陆后，葵花才登陆西班牙进而在欧洲扎根结籽。它那高大的身材、热烈的色调、鲜明的个性不仅满足了人们的口福，还融入了当地的艺术乃至文化。凡高笔下的向日葵旋转、热烈，单纯的色彩诠释着灿烂阳光，那光来自生命的最深处。

阳光，最普通，也最单纯，可以温暖每一个生灵，给人们带来不灭的希望。

大约明朝末年，葵花被引进中国。不过那个时候它既不叫葵花也不叫向日葵，而是叫丈菊、西番菊或者迎阳花。至于司马光诗里“更无柳絮因风起，惟有葵花向日倾”所说的葵花，则指的是锦葵科植物葵菜的花。尽管那花也有趋光性，但和菊科植物向日葵毫不相干。

现在都市里很少能看到灿烂的葵花了，偶尔见着两棵，往往荣任老师给学生们讲解植物趋光性的活教材。兴许还有爷爷奶奶们回忆起几十年前向阳院里房前屋后亲手栽种的向日葵，自然也少不了念叨捧着花盘嗑瓜子的趣事。

白　果

银杏

满树油绿的小扇子刚刚镶上金边儿，枝杈的缝隙间已然看得见橙黄的果儿，手指肚大小，两三颗一串，像坠落在丛林中的点点星辰。一阵飒利的秋风吹过，凉飕飕的，搅得片片扇叶哗啦哗啦响，抖落了几颗金豆子掉在地上，泛起一股熏鼻子的墨臭气。戴上手套捡回摔得稀烂的果儿，洗净了那层不讨人喜欢的臭皮囊，得到中间纯白坚硬的种壳，那就是白果。其实白果本非果，而是种子，传递生命的种子。

白果又叫银杏，白果树自然也叫银杏树。这个很文艺的名字据说是宋朝一位皇帝给起的，可能因为它长在树上时看着像杏，而果壳又纯白如银吧？不过敲开那层白壳子，里面的果肉既不白也不像杏，而是层薄薄的棕膜裹着颗莹洁翠绿的果粒，像是颗冰种翡翠豆。

白果可食，但生吃有微毒，一般要熟着吃。蒸、煮、煨、炖、蜜饯、盐焗都可以，其中能够突出本味的吃法是炒或烤。炒白果不是指用它来炒菜，而是类似于炒花生那样带着壳干炒。但白果要比花生金贵得多，算是干果中的细货。

烤白果不麻烦，在家就能完成。生炉子的时代，用两把铁丝笊篱合拢起来，装进十几颗夹开条裂缝的白果在炉火上翻转烘烤，不停地“刷拉刷拉”颠着，没多会儿就能闻见带着清气的焦香。现在更方便了，家家户户都有微波炉，把洗净的白果装进信封里，高火一分钟，听见里面“啪”的一声脆响，齐了。

掂着烫手的热白果剥了硬壳，吹去蝉翅似的棕膜，慢，还不能吃，得用牙签先挑去中间那根细芯，据说这芯有微毒，再品那温热柔韧的果肉，就只有清香甘糯了。联想起号称活化石的银杏树下曾经徘徊过成群的恐龙，细嚼慢品来自侏罗纪的味道，那奇妙的感觉是吃任何其他果子都体会不到的。

银杏树长得很慢，据说是爷爷栽树孙子吃果，因此也叫公孙树，自然状态下生长的银杏树稀少而珍贵。不过仰仗于现代的栽培技术，近几十年来北京的银杏树不算罕见，很多街道两旁都有。尽管大多不过拳头粗细，但天凉之后也能黄灿灿地点亮一街的秋色。钓鱼台、三里屯、地坛公园等几处二十世纪五六十年代栽的银杏树林已经粗过碗口，霜降之后金光耀眼，杏黄、橙黄、缃黄、鹅黄的小扇子飘飘洒洒随风而落，竟然铺出几条著名的银杏大道，吸引得游人如织，享受北京梦幻般的金秋。

早先在北京，银杏林子却不多见，只那么几棵钻天入云的古树，大多隐匿于卧佛寺、潭柘寺这样的名刹里，夏日里为游客撑出了清凉的华盖，秋阳下为庙宇戴上了巍峨的金冠。其中西山大觉寺有两株最为可观，一株号称西山银杏之冠，高十余丈，树龄千年，七八个人伸臂携手才能围起来。乾隆皇帝曾感叹其壮美，专门赋诗道："古柯不计数人围，叶茂孙枝绿荫肥；世外沧桑阅如幻，开山大定记依稀。"另一株主干虽不甚粗，但树形奇美绝伦，从周围土里分生出九棵粗细不等的小树，独木成林，号称"九子抱母"。

深秋，大觉寺静寂空幽，巨大的银杏树灿烂如炽，好一个辉煌的世界！直叫人看得血脉贲张。或许，那是万千只涅槃的蝴蝶来此栖息听法，觉悟之后又纷纷驾着金光飘降在殿前的石阶上，把古刹装点成黄金铺地的祇树给孤独园。

索 引

后 记

《吃货辞典》在商务印书馆出版以来，受到读者们的支持和肯定，身为作者，我有些欣喜，有些不安。

欣喜的是，这本关于味道的散文集能够被众多媒体誉为接地气的好书。好不好不敢说，地气我想还是努力去接了。或许也正因为这个，才能够一印再印。毕竟现在的阅读不同于几十年前，甚至也不同于几年前。有人说这是一个轻阅读的时代。如果能让忙忙碌碌的现代人在地铁上或是入睡前顺手翻开一页，读上三五分钟，就能感受到某种似曾相识的滋味，那不是件挺好的事吗？

不安的是，原本把“吃货”这种世俗化的叫法和“辞典”这个端庄的词汇拼接起来，只是想用俗与雅的碰撞来体现书的趣味，可还是被一些读者很“严肃”地认为似有不妥：内容不够丰富，也没见辞典的高大上。

那么好吧！这本书就叫《果儿小典》，她是《吃货辞典》的姊妹篇，所说的是我眼里的水果和干果，同样是关于味道的故事。毕竟，味道与生活血脉相连。写完这部“小典”，我忽然觉得，其实每一个果儿背后都有一棵参天大树。

郑重感谢本书的责任编辑倪咏娟老师，是她的不遗余力不辞辛苦，才使前一本《吃货辞典》取得了小小的成绩，这一本《果儿小典》得以如愿出版。

郑重感谢本书的插画师李杨桦老师，是她精心为本书梳妆打扮，并欣然创作出这么多漂亮的插图，才让本书可以入眼。

更重要的是感谢商务印书馆——我心目中的文化圣殿，是商务印书馆给予了我支持和抬爱，才让拙作中的世俗情怀再一次展现在您面前。

三联，中华，商务，一路写过来，光阴在走，味道中的世界没有变。

阳光到底出来了，照在果筐里的甜橙子上，映出温暖的光。

崔岱远

二〇一八年一月

图书在版编目(CIP)数据

果儿小典/崔岱远著;李杨桦绘. —北京:商务印书馆,2019
ISBN 978-7-100-17765-8

Ⅰ.①果… Ⅱ.①崔… ②李… Ⅲ.①随笔—作品集—中国—当代 Ⅳ.①I267.1

中国版本图书馆 CIP 数据核字(2019)第185273号

果儿小典
崔岱远 著
李杨桦 绘

商 务 印 书 馆 出 版
(北京王府井大街36号 邮政编码100710)
商 务 印 书 馆 发 行
北京雅昌艺术印刷有限公司印刷
ISBN 978-7-100-17765-8

2019年12月第1版 开本 787×1092 1/32
2019年12月北京第1次印刷 印张 8⅞

定价:59.00元